高峰秀子

にんげん住所録

扶桑社文庫
0844

にんげん住所録　目次

挿画・題字　安野光雅
本文カット　安野光雅『蚤の市』（童話屋）ほかより
本文デザイン　水上英子
JASRAC 出2500763-501

にんげん住所録

あなた食べます

一年ほど前だったか、ある出版社から「食べものエッセイ集」の編者をやれ、という注文がきた。

私のような独断と偏見に満ちたヘソ曲りが他人《ひと》さまの文章を選ぶ、などとはおこがましいし、朝、目ざめたときにはもうくたびれているという現在の体力では、出版社があらかじめ集めるという各エッセイを読み通すほどの元気もない。とかなんとかぬらりくらりとグズついているところへ、ある日、出版社からドカン！と大きな宅配便が到着した。

私の力では持ちあがらないほど重い段ボール箱の中には、単行本や文庫本、その他、食に関するエッセイのコピーがぎっしりとつめこまれていた。私は、一目みただけでげんなりと肩をおとし、仕事机のある寝室までズルズルと箱をひきずり入れてはみたものの、もともと食いしんぼうで意地きたない私は、寝室へ出入りするたびに箱の中味、というよりエッセイの内容が気になってしかたがない。一冊とり出しては読みふけり、二冊めを開いては読みすすんでしまい、「こんな筈ではなかったのにィ」とブーたれながらも、だんだんと面白くなってとめどがなくなってしまった。

エッセイといっても、料理の作りかたやレシピばかりの、いわゆる料理の本ではなく、食の周辺にまつわるお話ばかり、話題は四方八方にとんで幅広い。当然のことだが、個性豊かで食に一家言ある著者先生がたの文章は、「食」への思い入れを通して、人生に対する姿勢までがそこはかとなくうかがえて興味津々、かの有名なブリヤ・サヴァランの「あなたがなにを食べているかを言えば、私はあなたがどんな人であるかを当てることができる」（『美味礼讃』）という名言が行間にチラついてくる。そうこうする内に、私は、著者その人を俎上に載せ、料理に見立ててひそかに楽しんでいる自分に気がついた。不遜なヤツめとお叱りを受けるかもしれないが、ちょっと失礼して二、三御披露をさせていただく。

まずは文壇の大御所、池波正太郎氏は、「うなぎの白焼き」以外のなにものでもないと私はおもう。粉引《こひ》きか青磁の、なんのへんてつもない長皿に、一片のうなぎの白焼きが、ただ素直にのっていて、ひとつまみのわさびおろしだけが皿の単調さをひきしめているところがまずカッコいい。

箸のさきで千切った白焼きにわさびをのせ、ちらと醤油をつけて口中におくりこめば、白焼きは舌の上でまろやかに崩れてなんの抵抗もなく喉をすべり落ちてゆく……。滋味という二字が紬《つむぎ》の着流しに角帯をしめて下町を散歩し、そば屋ののれんをスイとくぐって、御注文はとりわさと熱燗一本。ある日は背広姿で銀座に出向き、洋画の試写をのぞいた帰りは古風な洋食屋で山盛りのキャベツによりかかったビーフカツレツをさかなにビールを一本。チキンライスをきれいに平らげて家路につく。

なんということはないけれど、仕事も生きかたもしっかりと地に足のついた人、それが池波正太郎の世界だった、とおもう。

辻調理師専門学校の校長であった辻静雄氏は、もと新聞記者で、昭和三十五年の当時は一皿五十円のカレーライスと三十円のラーメンしか知らないヤボ男だったという。そのドしろうとが料理学校長の長女との結婚を機に一念発起、世界中を駆けめぐって料理のイロハから勉強し、飲めないワインに挑戦し、やがて八校

を擁する調理教育という城を築いてその頂上に立った。

辻さんは千軒以上のレストランを食べ歩き、料理店の主人やコックの意見を聞いてまわったということだが、頼りにするのは自分自身の舌一枚、さぞ、孤独と試行錯誤の日々であったろう、と、こちらの胸まで痛くなってくる。辻さんの生涯をおもうとき、私は一皿の野菜料理を彼に譬《たと》えたくなる。それは豪華なフランス料理でもなければ、手間ヒマかけた中国料理でも美しく粧《よそお》った日本料理でもなく、誰にでも作れるまことに簡単な一品である。

料理の名はシンプルそのもので「アンディーヴのグラタン」。材料は、ベルギー生まれのアンディーヴ三、四本とコンソメスープ、ただそれだけである。

バターをとかしたグラタン皿に、洗って水を切った新鮮なアンディーヴを並べ、塩と胡椒で味を整えたコンソメスープをヒタヒタと注ぎ入れてオーヴンに入れる。アンディーヴがフツフツと煮立ち、じんわりとすきとおってきたらサッとテーブルに運んでアツアツをサッサと食す。アンディーヴの持つホロ苦さが口中に広がって「しゃれた大人の味」としか言いようがない。いまから二十年ほども前、私たち夫婦が何ヶ月もパリをうろついていたころ、小さなレストランでこの一皿に出会い、アンディーヴ恋しさにせっせと通いつめた思い出があるけれど、現在《いま》は大きなスーパーマーケットやデパートの野菜売場で手に入るから自宅の台所でも手軽に作れる。

苦味が旨味に変化する野菜は蕗《ふき》のとうや、にがうり（ゴーヤ）などもあるけれど、辻さんにはズバリ大人の味、アンディーヴがよく似合う。

女優で、優れた随筆家でもあった下町育ちの沢村貞子さんは、サラリとした人柄だった。そして、その生きかたも洗い髪のようにサラサラとして、私は人生の先輩として大好きな人だった。人とのつきあいも、つかずはなれずで、よくいえばサッパリカン、悪くいえばソッ気ない。私がまだ少女俳優だったころ、沢村さんも同じ東宝映画にいて、昼食時間には、結髪室の片隅にきちんと座って、お手製の小さなお弁当箱を開いていた。

沢村さんはときどき「デコちゃん、今夜はウチでごはん食べよう」と、誘ってくれた。気もちのそぐわない養母と二人暮しで、いつも暗い目つきをしていた私に情をかけてくれたのかもしれない。沢村さんに連れられて、当時世田谷の北沢にあった小さな日本家屋に到着すると、沢村さんは撮影で疲れた気配もみせず、いきなりキリリとたすきで両袖をしぼりあげ、前かけをかけ、台所に立って冷蔵庫をのぞきこみながら手際よく二、三品のチマチマとした料理を仕上げた。

茶の間に食卓はなく、長火鉢の広いふちに小ぎれいな小鉢や小皿が次ぎ次ぎと並べられて見事だった。艶やかな紫紺色で、ほどよく漬かった茄子のヌカ漬けがとびきり美味しかったことを、私はいまでもはっきりと覚えている。

だから、沢村さん即、茄子のヌカ漬けというイメージがあるが、それではあまりにピッタリしすぎて曲がない。少々よそいきに気取って「鱧《はも》のおとし」はどうかしら？　とおもう。一流の板さんが鱧切り包丁をふるった真白い鱧の身を一口切りにし、熱湯にポトリと落としてすぐに引きあげて冷水にひたす。さしみ鉢に盛られた小いきな鱧には梅肉、わさび醬油、どちらも合うが、わさび醬油のほうがキリッとして、より沢村さんらしい。

関西、とくに京都のお人は鱧のおとしを食べないと「夏がきたよな気ィがしまへんな」と珍重するが、いまの若者たちにはあまりにも淡白でお呼びがないらしい。

時代が変われば人も変わり、人が変われば味覚まで変わってゆくのが当然かもしれないが、古人間の私はなんとなく、少し淋しい。

嵐山光三郎氏の文章を読むたびに、いったいこの人の頭の中はどうなっているのか？　と、私はふしぎにおもう。分ったようで分らなく、分らないようで分る気もして、なんとなく気になる人なのだ。

「レタスの白い葉脈は、頭の悪いハリウッド女優の歯ぐきのようだ」などと書かれると、そうだそうだと快哉を叫びたくなるけれど、すぐき、わさび漬け、梅干をマヨネーズでかきまわし（ゲッ！　気もちが悪い）トーストにのせてみたり、塩ゆでしたエノキダケをタタミいわし風に干しあげて「ぼくの発明品だ」とイバったりされると、もう私にはついてゆけない。なにごとも、意欲的を越えて戦闘的なハチャメチャさに、私の頭の中までハチャメチャに混乱してしまう。が、百歩ゆずっても嵐山さんは「鮎の塩焼き」ではないことはたしかである。といって、嵐山さんの好物だというスッポンの煮込み（紅焼甲魚《ホンシヤオジヤユイ》）とか、特大ナマコの煮込み（紅焼海参《ホンシヤオハイセン》）ともちょっとちがうような気がする。そこで、蛇の羹《あつもの》（龍鳳会《ロンフオンフエイ》）の一品にしようと決めた。

中国の蛇料理屋の店先には必ず網目の細かい金網の檻が積まれていて、中には無地（？）やらだんだら縞模様の蛇たちが、うねうね、くねくねと這《は》いまわっている。日本のほとんどの女性は一目みただけでギヴアップ。「アラ、美味しそう！」と喜ぶ人はまずいない。

蛇料理といっても、大丼に蛇がとぐろを巻いて出てくるわけでもなく、大皿に蛇が長々と寝そべって現れるわけでもない。ごく簡単に説明すれば、まず五、六時間ほど蛇を水で煮る。鶏、土ねずみ、鮑《あわび》、そして椎茸、木くらげなどのすべてをマッチ棒ほどの千切りにし、これも千切りに刻んだ蛇の肉を加えて炒め、カタクリ粉でドロリととじる。スープ用の容器の中でホンワカと湯気を立てている羹が運ばれてくる前に、食卓に黄菊の花びらと、レモンの皮の細切りを盛った小皿が置かれる。つまり、この二品が出現すれば「次ぎのお料理は蛇であります」というサインでもあるのだ。

めいめいの茶碗にとり分けられた羹の上に、匂い消し、兼、薬味でもある菊の花びらとレモンの皮をパラリと散らして、やおらちりれんげを持つのだが、材料のすべては同じサイズの細切りになっているから、どれが鶏で、どれが蛇やら鮑やら判然としないうちに、羹はトロリとめでたく胃袋に流れ落ちてしまう、という寸法になっていて、分ったようで分らないハチャメチャ才人、嵐山氏にはぴったりの一皿だとおもうが、如何なものでしょうか？

私には、人を恨んだり、嫉《ねた》んだり、羨《うらや》んだりという感情が希薄らしい。子供のころからなぜかシラーッとしらけていて、他人は他人、私は私、と割り切っていたことと、ただの一度もイジメられたという思いを経験したことがなかったからかもしれない。が、その私にも現在ただいま、たったひとつ「羨ましくてしかたがない」ことがある。

それは「おかかえコックが欲しい」ということである。

私の知る限り、どんな大金持ちといえども、おかかえコックを使って優雅に暮しているのは邱永漢氏の他にはない。

邱家の夕食会に招待されたとき、相客は阿川弘之御夫妻、開高健御夫妻と、私と夫・ドッコイ、そして邱さん御夫妻の八人が食堂の丸テーブルを囲んだが、中国料理店ではとうていお目にかかれないような山海の珍味がタイミングもよく十二品も現れたのには心底仰天した。聞けば邱家には住み込みの中国人のコックさんがいる、という。

「腕がよくて利口なコックほど巧妙にピンハネをするけどね。美味しいもの作ってくれるからしかたないでしょ」という邱さんの言葉に、私は「こりゃ、スケールがちがうわい」と二度仰天した。

中国料理の食材には、日本国で入手不可能のものが多い。材料が手薄になると、邱さんはただちに食材調達のためにコックを台湾まで走らせる。

邱さんの博識と食いしんぼうは有名だが、邱さんはコックまかせでただテーブルの前で料理が出てくるのを待っている人ではない。料理のことならそんじょそこらのコックや板前より、くわしく、広く、深いのだから、さぞや毎食がコックとの丁々発止の一騎討ちだろうと、想像するだに面白くこっけいだ。

　私は、台湾や中国旅行のときには邱さんに美味しい店を紹介してもらうのだが、邱さんが香港へ引越しをすると聞いて、あわてて電話をかけた。

「どうして、香港へ引越すんですか?」

「どうしてったって、きまってるじゃないの。香港のほうがゴハンが美味いからですよ。香港でレパートリーを広げておきますから、いらっしゃいね、待ってるよ」

「プン!」

邱永漢氏を譬える一品は、はじめからちゃんと決まっている。それは「酔蟹《ズエイシエ》」

という、中国料理の前菜、酒のさかなである。手足をバタつかせている存命中のわたり蟹を、情容赦もなく上等の老酒《ラオチュー》の壺の中に沈めこんでフタをする。活き蟹が充分に老酒を呑んで、ぐでんぐでんに酩酊、落命したら引きあげて、これをまた情容赦もなく一口大にぶった切って皿に並べて食卓に運ぶ。はじめから死に体の蟹はまるでペケで、口に入れればすぐ分る。とびきり高価な前菜だけれど中国料理ならではの珍味で、甲羅ごとチュウチュウとしゃぶればこの世の口福、私の大好物のひとつでもある。

御馳走をいただく、ということはもちろん楽しくありがたいことである。が、ものを食べているとき、下アゴをガクガクと上下させて、頬っぺたのあたりがのびたり縮んだりするサマは、どんな美男美女といえども、美しくみえるどころか見苦しく醜悪でさえある、と私はおもっている。

日本国のテレビや映画にはやたらとなにかを食べているシーンが多い。とくにテレビドラマは「メシ食いドラマ」といわれるほど、なにかにつけては食卓を囲んで喧嘩をしたりおめでたがったりしたあと、メシを食ってすべてが結着、一丁あがりとなる。

私も女優だったころ、映画の中で、何回、何十回も「食べる」シーンがあった。菓子や果物、お茶づけ、ラーメン、といろいろだった。そんなとき、私は如何にして観客にアゴガクガクをみせないようにするか、と、ひとりひそかに魂胆をめぐらせたものだった。映画は舞台とちがって食べているフリをするわけにはいかない。そこで、ラーメンならはじめから丼の中味をほとんど空にして、最後の二、三本をすすり、さも、食べましたという顔をしてゴマ化す。御飯ならお膳に茶碗を置いて、何気なく湯呑み茶碗などに手をのばしながらセリフを言ってゴマ化す。演出家や相手役がヘンな顔をしようがしまいが、そんなことはおかまいなく、ゴーイングマイウエイで押し通してきた。このような素直でないひねくれ俳優は私だけか？　と首をひねってみたが、そうでもない。天才怪人の北野武氏も、

「映画での食事のシーンというのも、おれは好きじゃなくてね。何年か前の

『汚れた英雄』という日本映画で、草刈正雄が外人のモデルみたいな女に花をいっぱい贈って食事する場面があるんだけど、こういうのを貧乏くさいというんだなと思った。そういう行為がすばらしいことだと思っている、その貧相さがたまんないんだよね。おれ、排泄行為と、そのもとになる食べ物を口の中に入れるという行為は、ほとんど同じだと思ってるんですよ。なんか下司なような気がしてね。食事をしながらインタビューされたり、『この味はどうですか』なんて訊かれるの、仕事だからやることあるけれど、すごいつらいなと思う……」（『「食」の自叙伝』文藝春秋編）

と言っていて、私は「そうだそうだ」と胸をなでおろした。

食べかたウンヌンはともかくとして、再び料理。つべこべと言いたい放題を抜かしている当の私、高峰秀子を料理に譬えるならなんだろう？　と考えてみたけれど、こういうことは他人が決めることで、自分では分らない。ただ、私の大好物をひとつあげれば、断然、小鳩のローストである。お茶の葉で軽く燻《いぶ》した丸ごとの鳩（明炉焼鴿《ミンルウシャオゴォ》）を手づかみにしてひき千切り、なりふりかまわず食らいついて骨までしゃぶる楽しさは最高である。が、その食いザマたるやとても他人《ひと》さまにはおみせできないから、鳩ののった大皿を抱えて密室にこもり、歯をムキ出してゆっくりと鳩ポッポに迫りたい、というのが、私の夢である。

さて、ブリヤ・サヴァランの人物評定はどうでるだろうか？……

と、そんなこんなで「食べものエッセイ集」という小舟は、もはや岸をはなれた。どこをどう流れていくか皆目わからないが、とにかくどこかに到着するまで「編者」という船頭はひたすら竿をあやつらなければならない。「編者どころか、変者じゃないか」と笑われぬように、チャラチャラとふざけてないでマジメにおやりなさいよ。

ハイ。わかりました。

店仕舞

すし屋の「きよ田」から封書が来た。閉店の通知であった。銀座の食べもの屋の中で、一年に数回しか行かない店だったが、「きよ田」は私たち夫婦にとって「たまにはゆっくりと美味しいものを……」というときの、とっておきの店だった。場所は銀座六丁目、泰明小学校から歩いて三、四分の露地にあって、カウンター十席だけの落ちついた雰囲気がまず気に入っていた。

すし屋というと、たいていはガラリと戸を開けたとたんに「ラッシャイ!」と元気のいい声が飛んできて、カウンターに腰をおろすと間髪を入れずにおしぼりとお茶が現れ、「いでやいで、スシ握りてしやまん!」といった風の職人が目の前にそそり立って手ぐすねをひく、という寸法になっているから、ガラスケースの中のネタをゆっくりと物色するという気にもなれない。若いころにはそんな活気も悪くはなかったけれど、三十路《みそじ》とはよくいったもので三十歳をすぎると、ただ「食べりゃいいんだ」にプラスアルファが欲しくなる。

私の場合は、映画女優という職業柄、日夜埃と喧騒にまみれた火事場のような撮影現場で働いていたから、たまの息ぬきの食事くらいは好物のおすしを、好きな雰囲気の中で楽しみたく、足は自然に「きよ田」へ向かったものだった。二十二歳で独立したというこの店の主人新津さんは、当時私たちと同じくらいの中年の働きざかりだったが、決してバカ声などは出さない。入口の格子戸をカラリと開ければ「あ、いらっしゃいまし」と、静かな声で迎えてくれる。二、三人の、白い仕事着の職人さんが現れたり消えたりするけれど、彼らもまた気くばりは抜群だがこちらから話しかけない限りほとんど音声を発しない。原則的にはカウンターの中にいるのは新津さん一人で、一心にすしを握っている最中にときたま「お電話です」と奥から声がかかっても「いま出られません！」というキッパリとした一言で電話は切られてしまう。すしを握っている手で受話器をとったり、煙草を吸ったり、代金のメモをしたりなどはもってのほか、両手の爪はギリギリに短く切られ、掌はいつもピンク色に輝いて、両手は「すしを握るためにある」という神経がこちらにもピリピリと伝わってくる。

正面の壁には小林勇さんの文人画の額がただ一枚掛けられ、活け花その他の装飾はいっさい無い。そんな店だから、いまは亡き小林秀雄さん、今日出海さん、白洲正子さん、そして安岡章太郎さん、阿川弘之さんなどのみなさんが「きよ田」の御常連で、「きよ田で会おうぜ」が合言葉のようだった。

新津さんが、いつか一人言のようにカウンターの中で呟《つぶや》いたことがあった。

「すしを握りはじめたある日、小林秀雄先生からたった一言〝すしはカンだよ〟と言われました。そして十年後に今度は今日出海先生から〝すしはカンだな〟と、同じ言葉を頂戴しました。私は、カンだけでやっているようなものです」

選りすぐられたキビしいお客の、たった一言を宝のように胸に抱き続けている新津さんの笑顔は、明るく爽やかだった。

何年前だったか、久し振りに入った「きよ田」のカウンターに女性連れの井上ひさしさんがひっそりとおすしをつまんでいた。私は井上さんのファンだったのでなんとなく目礼して、はなれた席についた。思えばあの日が新津さんとのサヨナラになってしまった。

閉店通知の文面もただ「長い間お世話になりました。ありがとうございました」と簡潔で、新津さんらしい見事な引きぎわだったと感服した。が、今後、銀座へ行っても、もう「きよ田」はないのだとおもうと、とても寂しい。

もうすぐ春です

「前略ごめんくださいませ。

先日は、例年のホノルル旅行の直前と知りながら、ながながとお電話口におひきとめしてしまったことを、今さらながら恥入り、反省しております。

とつぜん私ごとで恐縮ですが、私には若い頃から喘息《ぜんそく》という持病がありましたのですが、年々、歳を重ねるにつれて発作の度数が頻繁になり、この二、三年は息も絶えだえのような状態が何時間も何日も続くようになりました。はげしい咳に身をもみ、背中を丸めて苦痛に耐えながら『ああ、このまま窒息して死ぬのか

しら』と、心細くおもうのもたびたびです。といっても、発作が治まってしまえばケロリと正常に戻って、人並みに呼吸も出来、家事に支障をきたすこともありません。

十日ほど前だったでしょうか、『高峰さんがハワイへお発ちになる前に、ぜひ、柿の葉ずしを召上っていただきたい。電話で御都合を伺わなければ……』と、思い立ったその日に発作で倒れまして、四、五日ほど文字通り七転八倒で苦しみぬき、すぐそばにある電話にたどりつくこともできませんでした。が、ある日、ある時、喘息の大嵐がふい！　とかき消えて正常な呼吸が戻ったとたんに、私は前後の見境いもなく電話に飛びついて、ダイヤルをまわしてしまったのでした。ベルが鳴り、なつかしい高峰さんのお声が聞こえたあとは、もう、何をどうお話したのやら、ただ一方的に喚きたてていた、としか記憶がありません。さぞさぞ、お聞き苦しかったことでしょう、と、冷汗三斗のおもいです。どうぞお許しくださいませ。

高峰さんは『長電話と長いファンレターはなにより苦手……』と、御著書の中にもありましたので、オールドファンの私としては、申しあげたいこと、書きたいことが山ほどあっても、高峰さんへのお電話と手紙だけはいつも簡潔に、便箋一枚ほどにと心がけて、この七年あまりガマン（？）をしていたのですが、今日は長電話のお詫びがこんなに長い手紙になってしまって、われながら呆れております。それもこれも、元凶は持病の喘息のなせるワザ、といってしまえばそれまでですが、いまにも消え入りそうにゆらめいている自分の生命の灯をみつめながらも、最近は、あれやこれやと過去の思い出が断片的に浮かぶのは、やはり、老いた、ということなのかしら？　と、苦笑いが出ます。

どこにでも転がっているような、ごく平凡な私の人生ではありましたけれど、それなりにささやかな喜びや悲しみがありました。そして、少女のころから今もなお、常に私の心の中に高貴な宝石のようにきらめいている高峰さんの存在を忘れることはありませんでした。私にとっての高峰さんへのおもいは、ただ、華やかなスターに憧れ、高峰さんの映画を愛するファンである、というのみにとどまらず、もっと濃密で、絶対的な、私の大切な御方、と、おこがましくも自負している次第なのでございます。高峰さんのファンは、それこそ星の数より多くおられることでしょう。そして、人それぞれに、高峰さんに魅かれる理由をお持ちでしょうけれど、私の場合は、高峰さんの存在があってこその人生だった、といえるかも知れません。

私は二十一歳で小学校の教師になりました。そして二十代の終りに、高峰さんと同じように一歳年下の、中学校の教師と結婚をしました。結婚して間もなく、夫も私も高峰さんの映画の熱心なファンであることを知ってびっくりし、以後、夫婦の会話に高峰さんのお名前がしばしば登場するようになりました。

教師と主婦という二本立ての生活はなかなかに忙しく、二人揃って休める日はごくときたまでしたけれど、そんなときには高峰さんの映画を上映している京都や大阪の映画館まで電車を乗りついで出かけてゆき、帰りにはちょっと張りこんでうな重とか天丼を喰べてしあわせな一日をすごすのが、私ども夫婦の唯一の楽しみになってゆきました。もう何十年も昔のことですし、それも奈良という土地柄、夫婦揃って外出するということは、少々面映ゆくないこともなかったのですが、私ども夫婦はなぜか、高峰さんの映画を観にゆく日だけは大えばりで肩を並べて出かけたことが、いま考えてもなにやらこっけいで、なつかしい思い出のひとつになっています。

そうこうする内に、子供も生まれて、よりいっそう多忙になり、『いつかは高峰さんにファンレターを送りたい』という私の夢も叶えられぬまま、あたふたと年月が経って、ようやく、と言うのはヘンですけれど、八年前に夫婦揃って、無事、教職を退きました。

退職金を頂き、二人の娘を嫁がせて、なにやらタガがはずれたように身軽になって、周りを見まわしてみると……。気楽で優雅な身の上である筈の自分が、宙に浮いている風船玉のように思えてなんとなく落ちつかないのです。長年の教職を引退した虚脱感でも、夫婦二人の単調な生活の倦怠感でもないのです。なにか、忘れものでもしたような、どこかにしまいこんだ大切な物がいくら探してもみつからないような、小さないらだちというような気持なのです。

そんなある日のことでした。夫婦向かいあって久し振りに好物の柿の葉ずしを頂いているとき、私の口からポロリと、こんな言葉が出ました。

『おいしいね。高峰さんにも食べてほしいわ、このお寿司。送ってみようかしら』

『でも、お好きかどうか分らないよ』

『御主人の松山さんは好き嫌いのはげしい方らしいけど、私は何でも食べる雑草人間だってエッセイに書いてはったもの』

『ま、一応お聞きしてからの方がいいんじゃないか？』

『そうねえ……そうしようかしら？』

でも、熱い番茶をすすりながら、もう、私の心は決っていました。『どうしても柿の葉ずしを召上っていただきたい。長い間、お便りをしたくてウズウズしていたけれど、今度こそ書くゾ！』

私の探していた大切な失せものが、ポン！　と眼の前に現れたような気がして、わくわくと胸が躍りました。七年以上も前のことなので、たぶん高峰さんの御記憶にはないと思いますが、私はごく簡潔に、一枚のレターペーパーにこう書きました。

『私は、奈良在住の高峰さんのオールドファンでございます。突然ですが、奈良名物の柿の葉ずしを御賞味いただきたく存じます。到着の日時は、寿司店から電話でお伺いいたします。

奈良にて、N』

それから一週間ほど経ったある朝、ポストに高峰さんからの御はがきが入っていました。

『さわやかな緑の柿の葉に包まれたおすしが到着しました。紅鮭はサラリと淡白で、鯖はまったりと濃厚で、どちらも美味しく頂きました。御馳走さまでした。

高峰秀子』

そのお葉書を頭上にヒラヒラさせながら、やったァ！　と小躍りしている私を、夫もニコニコと喜んでくれました。

二人とも遠い若い日に戻ったようでした。そして、季節が変る毎に、高峰さんに柿の葉ずしをお届けするのが、決して誇張ではなく、私の一番の楽しみ、というより生甲斐になったのです。柿の葉の色は、新緑のころは鮮やかな萌黄色に、秋は秋でひなびた朽ち葉色に、と、何度も変ります。お寿司がお手もとに入るたびに、高峰さんからはきちんとお礼状か、お電話を頂き、また、再三再四御辞退のお言葉も頂戴しましたけれど、私はその都度、私の唯一の楽しみを取りあげられるような気がして心底悲しくなります。

エンギでもないことを、と、高峰さんに笑われそうですが、私に命がある限り、私の人生の幕が下りるまで、柿の葉ずしを送らせていただきとうございます。どうぞお納めくださいまし。今日は喘息の襲来もなく、朝から元気なせいか筆の走るにまかせてくどくどと余計なことまで書き連ねてしまいました。
おわびにはじまって、このような長手紙に終りましたこと、なにとぞ御容赦くださいませ。

奈良にて。N」

この長文の手紙が、麻布の自宅から転送され、ハワイに向かっていた頃、私はホノルルのアパートで何をしていたか、というと、時計のバッテリーをせっせと

交換する作業に余念がなかった。たった三間のアパートだというのに、なぜか九個もの時計があって、私はアパートへ到着するたびに、直ちに九個の時計をチェックする。ある時計はマジメに時を刻み、ある時計は針を休めてアクビをしている。幼児のころから芸能界に入って、来る日も来る日も時計の針に追いかけられるような生活をしていたせいか、私の周りにある時計たちがきちんと正確に働いていないとどうにも気分が落ちつかない。長年の習慣とはおそろしいものである。

最近、めっきり弱った脚をヨロヨロさせながら踏み台によじ登って壁掛け時計を設置しながら、私はふと「奈良のNさんのバッテリーは今日も正常に働いているかな?」と、気にかかった。ホノルル出発前にもらったNさんの電話の声があまりにも異常でショッキングだったからである。電話の内容はいつものように「柿の葉ずしをお届けします」というものだったけれど、私は「ホノルルへ出発前なので、また、帰って来たときにでも」と御辞退すると、Nさんは「いえ、そう仰言《おっしゃ》らずにぜひお受けとりいただきたいのです。実はこのところ喘息の発作がはげしく、私は今日明日にでも死ぬかもしれないのです。死んでしまえばおすしをお届けすることも出来ません。高峰さん、このたびだけはこの私のために、この私のために、どうぞおすしを受けとってください。召上る時間がなかったら、そこらへ放ってくださってもかまいませんから！」

息づかいも荒く、あまりにも逼迫したその語気に、私は一瞬絶句し、そして言った。

「御馳走になります。ありがとうございました」

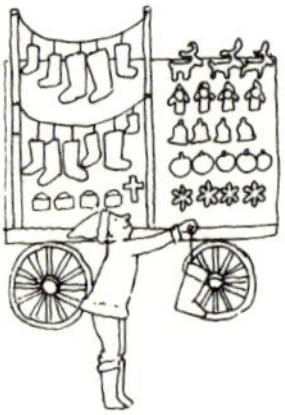

柿の葉ずしばかりではなく、Nさんからは、ときおり季節の野菜も到来する。大きなボール箱の中には、畑から抜いたばかりの泥つき大根が一本、露をふくん

だ新鮮な水菜がひと株、キュウリが二本、ごぼうと京人参が各一本、百合根が三個に里芋が一袋に山蕗が一束……ビニール袋に入った真白い筍には「アク抜キハシテアリマス」と、付箋がついている。老人夫婦への細やかな気くばりが箱いっぱいにつまっていて、なんとも嬉しい贈りものである。

百合根は松山好みに氷砂糖でふんわりと煮ふくめ、ごぼうと京人参はキンピラに、筍と山蕗は炊き合わせにし、水菜はきざんだ赤唐辛子と柚子を加えて塩づけにする。……夕食のお膳にはNさんからの野菜料理の小鉢がズラズラと並んで、美しく、そして楽しい。けれど、考えてみると、私は、会ったこともなく、お顔も知らないお方にこうしてこの身を養っていただいているのだ、とおもうと、なんとも不思議な気がするし、冥利に尽きて胸が迫る。映画に登場した私は、私自身ではないのに、と反省もさせられる。映画女優を辞めてからの私は、それこそどこにでも転がっている一老女にすぎない、というのに、現在もなお、Nさんをはじめ大勢のファンに厚意と親切をもらってヌクヌクと潤っていていいものだろうか？　と、うしろめたいような気もする。五十年という長い女優生活の間に、私のおでこにペタリと貼られた「映画女優」というラベルはイヤに頑強で、はがれてくれそうもない。

七十歳を越えてからは、身心ともにガクン！　とガタがきて、台所仕事も手抜きがちになり、出来れば一日中ベッドの中にいたい、という心境の私のバッテリーもそろそろ寿命がきているようである。

柿の葉ずしの贈り主と受け取り人の、どちらのバッテリーが先に切れるかは、誰にもわからない。が、私はNさんの長文のお手紙を読んでからは、今後はただ素直にNさんからの贈りものをありがたく頂戴しよう、と心に決めた。

Nさん。もうすぐ春です。美しい萌黄色の柿の葉に包まれた美味しいお寿司の到来を、楽しみに待っていますよ。

秀子さんへ。
ここはペテルスブルクの郊外
四月ですが
まだ
花は
咲いていなくて
木はぜんぶ裸。
にわとり
まきを割ってるおじいさん
このおばさんは
遠くまで
水を汲みに
行って帰ってきたところ
ほとんど廃棄
寸前の車
おとなりの入口の

若いもんは
みんな町へ出て行って
老人だけが
残ってると ぼやく
どこもみんな
おなじですね

草ぼうぼう
この絵の
うしろは
すぐ30米
くらいで海
凍った
海でする

住所録

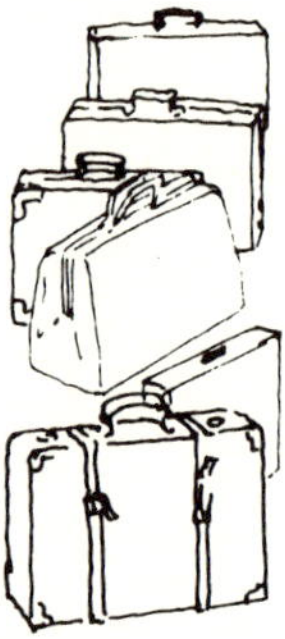

今年もまた、住所録を書きあらためる季節が来た。年末になると、小引出しに溜った名刺や記念写真などの整理をしたあと、住所録を新品に書き移すのが、私の、もう何十年来の習慣になっている。

もともと、人づきあいが苦手だから住所録の「氏名」の出入りもさほどにぎやかではない。それだけに視線で追う「氏名」のそれぞれには私なりの思い出や感慨もあって、つい、ページを繰る手が停まってしまうこともある。

ト胸をつかれるのは、黒枠ならぬ黒線が引かれた「氏名」にぶつかったときで

「あぁ、今後はこの人と文通することもなく、電話口での会話もないのだ」と、自分自身を納得させるときの、哀惜と、なぜか腹立たしさをないまぜにしたような複雑なおもい。このふしぎな感情は、私だけが持つ経験なのだろうか……。

住所録の最終ページには、外国居住の知人、友人の氏名が一括して記されている。これも数多くはないけれど、ほとんどが二、三十年来、いや、もっとつきあいの長い人もいて、私自身のトシをイヤでも思いしらされるページである。

ハワイのIさん
イタリーのJさん
ドイツのSさん
フランスのYさん
カナダのMさん
アメリカのOさん

オーストラリアのNさん
スリランカのAさん
中国のSさん
香港のMさん

その内の「香港のMさん」には黒い線が引かれている。Mさんとは三十年来の友人で、というより「食友」といったほうが当っているかもしれない。彼の、美味への情熱とすさまじいほどの執念の前では、食通とかグルメなどという言葉のなんと色あせて薄っぺらなことか！　香港の目ぼしい中国料理店に彼がヒョイと顔を出しただけで支配人の顔色が変わり、調理場へ駆けこんでゆくほど、良くいえば恐れられ、言いかたをかえれば、つまり「ハナツマミ」であった。

彼の名前は馬浩中《マコウチユン》。京劇の名女形「梅蘭芳《メイランファン》」の相手役として有名だった「馬連良《マレンリャン》」の御曹子で、北京の生家は、九十の部屋を持つ大邸宅だったそうである。超ぜいたくな食生活の中で成長した馬さんは、年齢と共に舌のほうも肥えに肥え、いつの間にか人間ならぬ「食魔」へとエスカレートしたのだろうか。が、稀代の食魔にも寿命があり、昨年（一九九九年）、八十余歳でその生涯を閉じた。食友というより、私の、中国料理の師ともいえる人であった。

香港の馬さんのとなりには、タイのYさんの名前が記されている。この人は一九九八年（平成十年）に、私の住所録になかば強引に押し入ってきた、バンコック在住で、ハワイはホノルル生まれ、日系二世のアメリカ人である。

ある日、タイからの航空便で、巨大なボール箱が到着した。中には見事な蘭の花がおよそ百本の余も入っていた。送り主のYという名に心当りはないが、見知らぬ人からの花のプレゼントは珍らしいことでもないから私はさほどビックリもせず、家中の花器を動員してようやく蘭を活け終えた。その蘭を追いかけるようにして、またタイから巨大な発泡スチロールの箱が到着した。㊧というシールが貼ってある。箱は私の力ではとうてい持ち上らぬほど重く、それもそのはず中味は果物であった。日本人になじみのあるのはパパイヤくらいで、あとは名も知らぬ種々の南方の果物がギッシリとつめこまれていたが、㊍のシールにもかかわらずほとんどが傷んでいて、むせかえるような匂いが家中に広がった。

わが家はなぜか到来物が多い。お中元、お歳暮の季節以外にも、毎日のように宅配便が届く。せっかちな私はすぐに礼状を書くが、品物が傷んでいるときには正直にその状態も書く。そのほうがかえって送り主への親切だとおもうからだ。

崩れた、それも大量の果物に、さすがに驚いた私は、前便の蘭のお礼につけ加えてYさんに手紙を書いた。

「果物の長旅はムリなようです。折角の御厚意が死にます。もったいないことです」

間もなく、国際電話でYさんから電話が入った。年のころは七十歳前後というところか、野太く、しっかりとした声だった。そして、その口調には、いわゆる映画ファンとはちょっと違うニュアンスが感じられた。

「秀子さんは御記憶にないと思いますが、私は昔、あなたの周りをウロウロしていた男です。同じハワイ生まれの、歌手だった灰《ハイ》ちゃん、いや、灰田勝彦の親友だったものですから。あなたと灰田さんは仕事仲間だったでしょう？　私はいつも、灰田さんの側からあなたを仰ぎみていたものでした。……いや、こんなことを電話でくどくどと言っていても御迷惑でしょうから、私の自己紹介は手紙に書くことにします」

私は、住所録からとうに消えていた灰田勝彦の記憶を、脳みその奥から引っぱり出した。

灰ちゃんこと灰田勝彦さんとは、映画「秀子の応援団長」「銀座カンカン娘」「ハナ子さん」などで共演し、「ハワイの花」「桃太郎」などのミュージカルの舞台でも共演、陸海軍の慰問やアトラクション旅行で一緒に歌って歩いたこともあった。歌手や俳優には、いわゆる「とりまき」と呼ばれるグループがいるものだが、Yさんも、当時の灰田さんのとりまきの一人だったのだろうか……。いずれにしても、四、五十年も以前のことで苔が生えている。

灰田さんは、明治四十四年にハワイで生まれた。小学生のころ家族と一緒に日本に里帰りし、明日帰国という日に泥棒に入られて、有金から乗船切符まで失った。裸同然になった一家は帰国を断念するより他に道はなかった。

灰ちゃんは立教大学在学中に、遊び半分に結成したハワイアンバンドでウクレレを弾き、ハワイアンソングを歌っている内に、いつの間にかプロとしてステージに立つような人気ものになったが、やがて召集令状が来て出征。満州で兵役をつとめたが、一年足らずで病いを得て白衣の勇士として帰還、陸軍病院に放りこまれて、歌手としての貴重な年月をベッドの上ですごした。おもえば彼もまた、あの戦争で「とり返しのつかない傷」を受けた人間の一人であった。竹を割ったようなサッパリとした人柄は誰からも好かれ、わが家とも家族ぐるみのつきあいだった。東京プリンスホテルでの、最後のワンマンショウになってしまったディナーショウの脚本を書いたのも、わが夫・ドッコイの松山善三だった。

Yさんからぶ厚い航空便が来た。達筆で、勢いのいい字が便箋の罫《けい》からはみ出しそうな手紙だった。私、Yは大学生のとき、タイの兵隊と警察官の柔道の教師としてタイに来たこと。以来、引き続きバンコックに住んでいること。現在は日本とタイの橋渡しのような仕事をしているが、自分は自宅から指示を出すのみで、実際の動きはタイ人の社員たちにまかせていること。日常は、趣味のピアノを弾いたり、日本映画のビデオを見たり、灰田勝彦のテープを楽しんでいること。外出はほとんどせず、十日に一度ほど伊勢丹デパートの食料品売場に出かけて好物の和食の食材を仕入れてくること……

その辺まではよかったが、手紙の後半は私にとってギョッとなるような文面だった。

「如何でしょう。一週間ほどぶらりとバンコックへお出でになりませんか？　あなたの著書のほとんどは通読ずみなので、御性格から趣味嗜好まで小生なりに承知しているつもりです。当地にいらしてもあなたのファンを集めたり、パーティを開いたり、と、ヤボなことはいっさいしません。お気楽にリラックスしてくだされば結構なのです。お目にかかって灰ちゃんの思い出話でもできれば望外のしあわせ、ほかに他意はありません……」

冗談ではない。現在の私は七十歳をとうにすぎたヨレヨレの老婆である。なにが面白くて四十度を越す暑いバンコックへなど行くものか！　第一、私はYさんの顔も年齢も知らないし、このトシになって新しい友人を作ろうという興味もない。

私はあわてて、思った通りのことを正直に書いたお断りの手紙を出した。折りかえしに届いたYさんの手紙には二、三枚のYさんのスナップ写真が同封されていた。頭髪はおぼろ月夜、堂々たる体型は、麻布十番の「たぬき煎餅屋」の店頭に据えられている、おなかの突き出たはりぼてのタヌキ、もしくは元横綱で相撲界の大ボスといったところか、サングラスをかけた眼元は、長年、異国の波風を浴びてきたせいか、ふてぶてしく据っていて少々オッカナイ。手紙はやはり「バンコックへいらしてください」の一辺倒だった。

手紙ばかりではなく、三日に一度ほどの間隔で電話が入るようになり、これも「バンコックへどうぞ」「いつ来ますか？」の一辺倒、「来てください」「行きません」の押し問答のくりかえしであった。

ある日、Yさんの使いと称するUさんという男性から連絡があり、上等のタイシルク製のハーフコートとスカーフ、松山のスーツの布地が届いた。ハーフコートの色はチャコールグレイ。特別注文だろうが不気味になるほど私の寸法にピッタリだった。けれど、見知らぬ人からの贈りものにしてはあまりにケタはずれな品物である。私はとりあえずデパートに走って、和食党だというYさんのために鰻の蒲焼きやめんたいこ、わかめ、ひじき、とろろ昆布などをしこたま買いこみ、エアメールで送り出した。

電話攻勢は相変わらずで、というより、いっそう頻繁になり、ほとんど暴力に近い。これに似たケースは過去にも何回かあったけれど、ここまで一方的で迫力のあるのは珍らしい。こちらがキレても、あちらはキレる気配もないのだから文字通り「のれんに腕押し」である。私はだんだん、こんなゴジラのようなオジサンと押し問答をしている自分がこっけいになってきた。まるでマンガである。が、そこにチラッと油断（？）があったのかも知れない。ある日の午後、再びUさんからの電話で「Yさんからのことづかりものをお届けしたい」と言う。私は玄関さきでUさんに会った。

Uさんから手渡された茶封筒の中には、TG、ファーストクラス、バンコック往復の四枚の航空券とフライトのタイムテーブルが入っていて、日付はオープンになっている。

ガーン！

「これは困ります。バンコックへ行く気はないのですから、Yさんにお返ししてください」

「困るのはボクのほうです。これをお渡しするために、わざわざバンコックから飛んできたんですから」

ちょっと茶目っ気のあるUさんは両手をうしろにまわして、子供のようにイヤイヤをした。

航空券を広げた食卓に向い合っていた松山が口を開いた。

「まさか、送り返すわけにもいかないだろう……もう、ここまできたら行っちまうよりしかたがないんじゃない？」

「四十度のバンコックですよ」

「元気を出して、というより、頑張って行こうよ、二、三日で帰ってきてもいい」

「命がけねぇ」

「行くなら早い方がいい、行けば結着がつくんだからサ」

三月八日の午後十時。私たち二人はYさんお迎えの真白いロングベンツに乗せられて、バンコックの街を走っていた。

二人の手首には、国賓用だという小花で編まれた美しいレイが芳香を放ち、助手席には西瓜のように巨大なYさんの後頭部が見える。

「え?!」

私は思わず身を乗り出した。ベンツが赤信号を無視して突っ走ったからである。

ふっと気がつくと、ベンツの前後には二台の白バイが走っていて、あるときは左右に、あるときは前後にぴたりと貼りついて先導をつとめていたのだった。夜目にも白いヘルメット、黒一色の制服に黒革のブーツ。オートバイはホンダのナナハンである。

「この連中は王室専用の白バイですがね、大事なお客さんなのでちょっと借りました。安全第一ですよ」

と、Yさんは悠然としているが、ちょっと借りるといっても友だちの自転車を借りるのとはわけがちがう……私は沈黙した。

ベンツは四十分ほどで「リージェント・バンコックホテル」に到着。豪華なロビーを通って最上階のスイートルームに案内された。昔のタイ貴族の豪邸を模したというスイートは、天井から床までどっしりとした木材が使われていて、広いサロンに据えられたグランドピアノと溢れるような生花。その他のすべてが優雅なアンティックで統一され、美術館さながらである。

「あちこちのホテルを見てまわりましたがね。骨董好きの秀子さんなのでここに決めました。お酒は何がお好みか分らないので、キッチンに、ワインをはじめ、洋酒を十本ばかり置いておきましたのでお好きなのを開けてください」

　と、Yさんが言う。

　鈍く底光りのするタイシルク張りのソファに掛けて、テーブルの上のナッツやドライフルーツをつまみながら、まずはビールで乾盃。Yさんは以前に飲みすぎで身体をこわしたとかで、ほとんどお酒を呑まない。同席者はUさんと、Yさんの仕事仲間だというもの静かな男性だけなので気が楽である。Yさんとは数多くの電話で好き勝手な口をきいていたので初対面のような気がしない。ベージュのシルクの長そでシャツに焦げ茶のズボン、指にはエメラルド入りの指輪が光っている。Yさんは受話器を手にすると、ポンとボタンを押した。一分も経たない内に、キッチンのほうから黒い蝶ネクタイに黒服の男性がすうっと現れた。

「この人はね、ホテルのマネージャーです。この部屋のとなりに泊りこみでお二人のお世話をすることになっていますから、御用のときはこのボタンを押してください。合鍵でキッチンのドアから入ってきますから」

Yさんはそれだけ言うと腰を上げた。何から何までよく気がつく人である。私たちはスーツケースの中の衣類をクローゼットルームに納め、十坪ほどもある大理石ずくめのバカでかいジャグジーバスに入ってベッドにへたりこんだ。やはりおトシである。

翌朝、キッチンのほうで物音がしたような気がしたので、食堂に続くキッチンを覗いてみた。氷の入ったシャンペンクーラーの中に、フレッシュオレンジジュースがなみなみと入った大きな水さしが入っていた。

十時。一階のダイニングルームでYさんUさんと軽い朝食のあと、Yさんの自宅へ向う。今日は天井の高いバンでYさんの運転である。

「すぐそこです」とはいうものの、バンコックの交通渋滞は世界的に有名。バス。トラック。タクシー。自家用車。オートバイタクシー。サムロと呼ばれる三輪車タクシー。おびただしい数のオートバイと自転車……と、シッチャカメッチャカな街の中を、バンはノロノロとかたつむりの如く進み、三十分ほどでようやくアパートの前についた。タイ人の門番がいる立派なアパートで、場所は東京でいうなら田園調布か成城学園といった高級住宅街である。エレベーターで最上階のペントハウスに上り、ドアを開けると三人のタイ人の女性が飛び出してきて、胸の前で両手を合わせてタイ風の挨拶をした。

広いリビングルームにはグランドピアノが据えられ、一方の壁はビデオテープでびっしりと埋められ、テラスには南の花が咲き乱れている。が、広くスペースをとったバカでかい応接セットは、木彫の金ピカの飾りのついた花模様のサテン張りでゲッとなるような代物である。そのセットをジロリと見た私を、ジロリと見返したYさんが言った。

「悪趣味でしょう? 全く……友だちが家具の輸入屋をはじめたので、お祝いに一番いいヤツを買ってやるって言ったら、こんなゴテゴテをかつぎこまれちまって……ま、がまんして座ってください」

Yさんはそう言って、自分の専用らしいどっしりとした黒革張りのアームチェアにドカンと腰を下ろした。

三人の女性が入れ替り立ち替りして、日本茶や和菓子、果物などを運んできた。

年かさらしい三十歳ほどの女性に目をやって、Yさんが言った。

「この女と、食堂でチョロチョロしている男の子と一緒に暮すようになって、十年経ちます」

女性に向ってこの女とはなにごとか。私はムッとした。

「この方、奥さんですか？」

間髪を入れずに、Yさんがピシリとした調子で言った。

「まさか！　私には女房も娘もいますよ。タイの季候は合わないからって、アメリカで母娘で三階建てのドライヴインをやっています。私も年に一度は様子をみに行ってますがね」

私には他人の個人生活を根掘り葉掘りする趣味がない。私は黙った。Yさんは突然スイと立ち上って、食堂の向うに消えた。肥満体のわりに妙に動作の素早い人である。Yさんは、煙草のピースの罐を三、四個胸に抱えて戻ってきて蓋をとり、テーブルセンターの上に中味をぶちまけた。それは、大小さまざまな鉱石であった。赤いルビーがほのかに顔を出している石もある。

「私は昔、鉱山《ヤマ》に手を出していたことがありましてね……」

男性にとって、宝石の発掘という仕事は一度はやってみたい一種のギャンブルのような魅力があるらしい。宝石の出そうな鉱山の土地の一部を買い取って掘り下げ、その泥を平たいザルに入れて水中でふるいにかける。ザルに残った鉱石から目ぼしい宝石が出れば、それこそ一攫千金だし、何も出なければすべてペケである。Yさんも何度か土地を買ったことがあるらしい。もちろん、実際に土を掘ったり、ふるいにかけたり、不寝番をしたり、の労働をするのは現地で雇う労務者たちである。

Yさんが雇った労務者の中に、Yさんが気に入った若いタイ人がいて、Yさんは特に彼を可愛がり、彼もYさんを慕って献身的に仕事に励んだ。が、あまりに熱心な働きぶりに他の労務者たちの反感を買ったのだろうか、ある朝、彼は何者かにピストルで撃たれた。そばにいた四歳の息子は即死だったそうである。

知らせを受けたYさんは、単身車を駆って彼がかつぎこまれた病院にかけつけた。既に虫の息になっていた彼は「Yさんに仕えられて幸せだった」と礼を言い「残った妻と生まれたばかりの赤子をよろしくお願いします」と言って眼を閉じた。Yさんは「分った、二人は引きうけたぞ」と、彼の耳元で何度もくりかえしたが、もう返事はなかった。Yさんはまだうら若い彼の妻と赤子を車に乗せて自宅へ連れ帰った。

「それが、あの女と、十歳になる男の子です。私は彼との約束を守って、生涯、あの二人の面倒をみるつもりですよ……鉱山《ヤマ》はそれきりやめました。これがそのお名残りだ」

Yさんは再びピースの罐にポツン、ポツンと鉱石を戻した。

「あの人と、男の子、なんていう名前ですか？」

「十年前にきいたけど、なんだかややこしい名前なんで、面倒くさいから私は女をナミチャン、子供をヘイチャンと呼んでます。いいかげんだねぇ、私も……」

Yさんは、はじめて低い笑い声を立てた。ナミチャンは、食堂の隅っこの椅子に一人ひっそりと腰をかけていた。

昼食は、伊勢丹デパートの中にある、やたらと辛い宮廷料理とかで、ナミチャン、ヘイチャンも一緒だった。二人とも日本語が分るのか分らないのかただ押し黙って箸を動かすのみ。Yさんの前での二人の眼には何故かオドオドとした色がみえて、およそアットホームといった雰囲気などはなく、妙にギクシャクとした昼食だった。いったんホテルに戻って着更えをし、夕食は郊外の「龍城」という

海鮮料理へ行く。めちゃくちゃに広いスペースに何軒かのレストランが集ったヘンテコな建物で、料理の味はいまいち。広いステージでダラダラと続く歌や踊りもつまらない。料理の大皿を捧げ持ったウエイターたちがローラースケートで走りまわるのだけがちょっと面白かった。

バンコック滞在三日目は「Uに御案内させますからショッピングなど、御自由にどうぞ」とのことで、以前にも行ったことのあるタイシルクの店「ジム・トンプソン」へ行く。松山のナイトガウンを注文、そのあとオリエンタルホテルの骨董屋をぶらついて小さなオピュームウェイトを買う。明日はお寺詣りなので早々にホテルへ戻り、夕食はホテルですます。松山はステーキ、私はラムチョップ、久し振りの洋食が美味しかった。

タイは、御存知「仏教の国」で、三万に近い寺院がある。バンコック内だけでも四百二十四の寺院があるというが、人気（?）のあるのはやはり王宮前にあるワット・プラケーオ（エメラルド寺院）で、その美しさはバツグンである。が、四十度を越すバンコックの、あの広大な参道を果して歩けるかどうかと不安になる。「私はアパートでお帰りをお待ちしています」と、あのタフなYさんははじめからオンリしているが、私は、もう二度とバンコックへ来ることはないのだから、と、思いきって出かけることにした。エスコートはYさんのバンを運転するUさんと、奥さん（タイ人）のジュちゃんである。

参道前でバンから降りた私に、用意のいいジュちゃんがサッとパラソルをさしかけてくれたが、五分も歩かない内に私はヘトヘトになり、ようやく本堂の屋根の下に逃げこんだ。カッと照りつける太陽と地面の照りかえしで、ただひたすら暑い。エメラルドの美しい御本尊を拝観する元気もなく、早々にひき返してYさんのアパートへ向った。松山はバスルームでシャワーを使わせてもらい、私は洗面所で汗まみれの顔を洗ってやっと人心地をとり戻した。夕食は徒歩で五分もからないレストランでタイ風寄せ鍋のごときものを御馳走になる。日に焼けたせいかコップ一杯のビールで酔いがまわり、お味のほうはさっぱり分らなかった。

食後、女、子供は自宅に帰して、クラブ風のバァへ行く。ピアノとドラムの生バンドが入っていたが、Yさんはピアニストを押しのけて、灰田さんのヒット曲「燦《きら》めく星座」を弾きだした。「燦めく星座」は、昭和十五年、私が十六歳のときに灰田さんと共演した「秀子の応援団長」の主題歌で、彼はこの一曲で一躍有名歌手になった。

〽男純情の　愛の星の色
　冴えて夜空に　ただ一つ
　あふれる想い……

そうだ。私はこの灰田タイムのためにバンコックくんだりまで呼び出されてきたんだっけ……と、気がついた私は、何十年振りかでマイクを手にし、灰田さんの持ち歌を二、三曲歌った。Yさんの巨体が嬉しそうに左右にゆれ、子供のような笑顔が可愛かった。

午前九時。「海が見たい、泳ぎたい」という松山の一声で、車で三時間ほどだというライヨンというリゾート地へ一泊の予定で出発。車はバンでYさんの運転。助手席にはナミチャン、後部座席にはリュックを抱えたヘイチャンが仔犬のように丸まっている。ドアが閉ったとたんに灰ちゃんの歌声が車内に響きわたった。これから三時間「灰ちゃん漬けか?!」と、少々げんなりだが、上機嫌のYさんはテープに合わせて口笛など吹いている。

Yさんが車のエンジンを掛けると同時に、例の、借りものの二台の白バイがピタリとバンの両脇に貼りついた。もちろん赤信号は無視。片方の掌をのばして、優しく周りの車を牽制しながら渋滞を縫って進む身のこなしが、タイの古典舞踊でも見るように優雅で美しい。

王室専用の白バイには、かなりの規約があるらしい。まず第一に美男子であること。頭脳明晰で礼儀正しいこと。十年以上の運転経験があること。年齢は三十五歳までで、身長は高く、スラリとスリムな体型であること。制服やブーツは特注なので自分もち。月給は安いが、警察友の会のような特権があるから生活は楽。六十歳定年で、退職した時点の月給を生涯支給される、と、いろいろとおやかましいことだが、カッコのいいエリートだから若者たちのあこがれのひとつであるらしい。

途中、ドライヴインで小憩し、再び出発。通りすぎる村落の家々のほとんどは粗末で貧しげである。が、人々の表情は和やかで、白バイに向かって手を振る子供たちもいる。美しい海岸の古風なホテルに到着すると、先発していたUさんとジュちゃんがバンザイをして迎えてくれた。椰子の木の並ぶ広いテラスで潮風に吹かれながらタイ風のカレーのランチをとったあと、エレベーターで最上階に上る。またもや、バァ、サロン、テラスつきのスイートである。海の好きな松山は早速に海水パンツをつけてビーチへ。ブクの私は髪を洗ってベッドに這いあがり、文庫本を開いた。六時。再びテラスのテーブルでタイ料理の夕食。灰ちゃんの思い出話に花が咲いて、Yさんは楽しそうだった。

帰国の日が来た。空港で白バイの二人とサヨナラの握手をし、ＹさんＵさんと食堂でタイ風のおかゆを食べる。Ｙさんの表情が心なしか寂しそうで「次ぎは何時来ますか？」と何度もくりかえす。生活は豊かでも、ナミチャン、ヘイチャンとのギクシャクとした毎日は、Ｙさんにとってかなりの負担なのかも知れない。でも、私には何もしてあげられない。

「Ｙさんも東京へいらっしゃいよ。ホテルと和食、車の用意くらいはできますから」

と、こちらも同じことをくりかえしてゲートに向かった。

東京に戻った私は、さすがに疲れたのか一週間ほどベッドにひっくり返ってい

た。Ｙさんからは相変わらず電話が入り、

「ナミチャンが、ヒデコ、ヒデコと懐かしがっています」

「今夜は、あの寄せ鍋屋へ行ってきましたよ」

と、他愛のない電話ばかりだったが、五月の半ばごろからパタリと電話が停った。「Ｙさん騒動も、これで一件落着か」と、松山が呟いた。人間はふしぎなもので、電話がかかりすぎればわずらわしいし、なければないで少々気がかりになる。「Ｙさん、どうしているかな？　こっちから電話をしてみようか」と、松山が言ったその日に、Ｙさんから電話が入った。

「入院してたんですよ、胆石の手術で。胆石は取れたけど他にもなにやら面白くないものがあるとかで、胃の三分の二が無くなっちゃった。今日ようやく退院したんですが、食事はおかゆとかプリンとかばかりでね。でも体重は十キロもへって、ちょっとスマートにはなりましたがね……」

あの、巨体で元気溌剌としていたＹさんが、入院して手術なんて……私はビックリしてスーパーマーケットに走り、即席味噌汁、即席吸いものの素、吉野葛などを買ってエアメールで送った。

「小包み、ありがとう。今日は早速いただいた味噌汁をのみました。ただし、コーヒーカップに半分だけとはどうにも情ない、この大食いの私がね……ところで次ぎはいつバンコックへみえますか？　今度はぐんとモダンなホテルを用意しますから、いつでもお出でください……」

私は返事のしようもなく、ただ「お大事に」と言って電話を切った。

一週間ほどの後、またYさんから電話が入った。

「医者のヤロウがね、もう一度入院しろって言うんですよ。あんまりうるさいからちょっと行ってきます。退院したら電話をしますから。松山さんによろしくね」

岩手医専中退の松山が言った。「再入院？……いいニュースじゃないね。十日ほどしたら電話をしてみるよ」。十日経ってもYさんからの電話はなく、松山が何回かダイヤルをしたが通じなかった。

「ナミチャン、ヘイチャンは病院につめているのかもしれないけど、メイドさんが二人居たよね、でも、誰も出ないんだ……」

そして八月二十四日。机の前に座って、宅配便の礼状を書いていた私のそばにスッと寄ってきた松山が言った。

「いま、バンコックのYさんの知人という人から電話があった。Yさんが亡くなったんだって……ナミチャンが電話口に出てきて、日本語で、イタイ、イタイ、トイッテ、死ニマシタって言ってた」

私は絶句し、書きかけの手紙も放り出して、しばらくの間呆然と座りこんでいた。

Yさんはある日、突然、嵐のように私たちの生活の中に飛びこんできて、龍巻のように私たちをキリキリ舞いさせ、知り合って二年も経たない内にふっとこの世から消えてしまった。Yさんとの実際のつきあいといったらバンコックでの一週間だけである。一週間ではYさんという人間の全貌をつかめるはずもなく、Yさんのビジネスの内容や、年齢すら私は知らない。私たちにとってのYさんは、正直にいって「得体の知れない、謎の人」でしかなかった。分っているのは、彼が灰田勝彦という歌手をこよなく愛していた、ということだけである。

「灰ちゃんは健啖家《けんたんか》だったねぇ。なんでも美味そうによく食べたっけ」

「灰ちゃんは喧嘩っ早くてね。とめるのがたいへんだった」

「灰ちゃんはコーヒーカップを持つとき、いつもこんな風に小指をピンと立てるくせがあったっけ」

Yさんの口から灰ちゃんという名前が出るたびに、Yさんの眼元はやわらかく和み、声まで若々しく弾んだ。Yさんが灰ちゃんの単なるファンだったのか親友だったのか、仕事上のマネージャーだったのか、それとも歌手と興行師という間柄だったのか、くわしくは知らないが、男がここまで男に惚れこむものなのか、と、私は羨しく思ったものだった。バンコックの知人友人に、いくら灰ちゃんの話をしてみたところで、誰一人灰ちゃんを知る人はなく、相づちを打ってくれる人もない。Yさんは、かつての仕事仲間であった私の向うに、灰ちゃんの影を見たのではないのだろうか？　そして、年毎につのる灰ちゃん懐かしさのおもいが爆発して私への異常な電話攻勢になったのではないのだろうか……というのは私の想像だが、ほんとうのことは分らない。妻子とは遠く離れ、昨年はハワイに居た九十余歳のお母さんも亡くなり、かつての柔道の生徒で後に大臣になってからも、「俺、お前」の間柄だったという親友も、いまは亡い。残ったのは、老いた自分と、ナミチャン、ヘイチャンとのギクシャクとした日常だけである。イタイ、イタイ、と病院のベッドで呻きながらも、最後の心残りはきっと、ナミチャンの夫への約束と責任を果せなかったという「重さ」ではなかったのだろうか。そのYさんの気もちをおもうと、私まで心が痛む。人間には出会いがあれば必ず別れがある。それはよく分っている。が、Yさんとの交流はたったの二年足らずだったのに、彼の印象は強烈に私の心の中に残っている。私にはまだYさんの死が信じられないけれど、私はノロノロと、住所録のYさんの「氏名」の上に黒い線を引いた。そして、思った。いつの日か、私の知人友人の住所録の中の私の名前の上にもこうして黒い線が引かれるのだろう……と。

〽なぜに流れくる　熱い涙やら
これが若さと　言うものさ
楽しじゃないか
強い額に　星の色
映して　歌おうよ
生きる命は一筋に　男の心
燃える希望だ　憧れだ
きらめく　金の星

バンコックのバァで、楽しそうに歌っていたYさんの笑顔が、ふっと現れて、
そして、ふっと消えた。

人間スフィンクス

私たち日本人の姿態容貌は、おしなべて、かなり貧相にして粗末な出来だとおもう。

いまから五十年も昔のことだけれど、半年あまりパリをウロウロしていた頃のある日、シャンゼリゼの大通りを歩いていたら、向うからひどくチンチクリンで貧相な女がヨタヨタと歩いてきたので、ありゃいったい何者だ？ と思ったら大鏡に写った私自身だったのでビックリ仰天したことがあった。当時、しゃれた洋服屋、帽子屋、靴屋などは通りに面した壁面を総鏡張りにした店舗が多かった。

以後、私は鏡の中の自分をにらみながら、めいっぱいにカッコよく歩くように努力し、パリから帰国早々に美容体操教室に通って、正しく（？）美しい歩きかたを習ったものだった。頭でっかち短足はもはや修復不可能でも、内股のチョコチョコ歩きはいくらか矯正されたようである。

女優という職業柄、フツーの人よりはずいぶんと大勢の人間に出会ってきたが、ときおりハッとするようないい顔をみたこともある。が、それらの人は、あるときは漁師のおじさんだったり、農家のおばあさんであったりして、優美端麗とはいえないけれど、与えられた人生を、あるがままに素直に生きてきた一種の気品のようなものがそのシワに刻みこまれていて、静かな、いい顔だった。美しく老いることは不可能だけれど、静かないい顔に近づくことはできる。人間の顔が「顔」になるか、単なる「ツラ」に終ってしまうかは、当人の心がけ次第、というところだろう。

私が今日まで生きた七十余年の間には、もちろん途方もなく立派で美しい風貌の男性にも出会った。作家の志賀直哉、画家の梅原龍三郎、中国の周恩来、映画の小津安二郎、の諸先生である。

私がはっきりとこの目で小津先生を見たのは、昭和二十五年の小津作品『宗方姉妹』に出演したときだった。小津先生は四十六歳、私は二十六歳だった。小津作品には、私がまだ五、六歳のころ『東京の合唱』その他の何本かに子役として出演したけれど、なんせ半世紀も前のことなので、記憶のかけらも残っていない。『宗方姉妹』の顔合せの日、小津御大はズシン！　という感じで会場中央の席にいて、「よう、しばらくだったね、でこ、元気かい？」とニッコリし、じっと私をみつめた。その眼は、ただ不用意に女優を見る眼ではなく、私の皮膚を突き破って内臓まで見通し、脳みその重さまで計るような奥深い眼だった。それでいて、鋭さやきびしさなどみじんもなく、慈愛に満ちた柔和な微笑が浮かんでいた。

骨太でガッシリとしたその体軀、その上に乗った、大きく、立派な顔……どこからどこまで見事な容姿に、私はただ呆然としてみとれていた。考えてみると、私はそれまで鑑賞に値するような男性を見たことがなかった、ということだろう。『宗方姉妹』の撮影現場は、聞きしにまさる厳しさで、スタッフや俳優の肝っ玉は終始硬直状態、シンと静まりかえったステージの中で、セリフにダメが出、動作にダメが出、十回、二十回とテストがくりかえされ、息づまるような緊張感の中で、撮影はワンカット、またワンカットと進行した。けれど、小津先生の演出は私にだけは呆気ないほど寛容だった。たぶん、私の役柄が明朗なおてんば娘だったので、ヘンに緊張させてギクシャクしないように、という小津先生の配慮だったのだろう。が、それはそれで、私にとってはなんとなく空おそろしく、仲間はずれにされたようでかえって居心地が悪かった。

撮影の休日には、連日緊張気味の私をリラックスさせるためか、小津先生はたびたび私を食事や観劇に誘ってくれた。観劇は「能」が主で、とくに、はじめて水道橋の能楽堂で「安宅」をみせられたときは、文字通り腰がぬけるほど感動した。薄暗い自然光の中で演じられる、これが私と同じ人間かとおもわれるような演者たちの気品と迫力に満ちたその舞台……。当時の能楽堂は椅子席ではなく、畳敷きの大広間だったが、私は足のしびれるのも忘れて、正座したまま眼を皿のようにして舞台に見入っていた。

一見、のっぺりと平坦な女性の仮面（小面《こおもて》）が、ひとたび舞台に立って静かに顎をひくだけで、切々とした哀感が表現され、上を仰げば晴れやかな喜びの風情が素直に観客の胸に伝わってくる……。その簡潔さにくらべて、私たち映画俳優の、百面相のようにセカセカと小うるさい演技の、なんと薄っぺらで雑駁なことか……。俳優のクローズアップの目ばたきの回数にまでこだわる小津演出へのナゾが、真夏のシャーベットのように私の胸の中で解けていった。

「でこ、今日はちょいと出かけようか、映画がいいか？　お茶の水（能楽堂のこと）かい？」

「お茶の水」

そう答える私を、小津先生はタクシーに乗せてお茶の水に向う。「松風」「弱法《よろぼ》師《し》」「葵の上」……。能見物で私がいちばん好きだったのは、シテ（主役）が本舞台での所作を終え、退場のための橋がかりを七分ほど歩んでふっと踵を返し、本舞台に名残りを惜しむように軽くひと舞いしたあと、吸いこまれるように揚げ幕に消える「入り舞い」の、ぞっとするほど美しい瞬間だった。無人になった橋がかりから本舞台へと目を移せば、後ジテ、ワキ、そして能管、小鼓、大鼓などの囃方のことごとくが何時の間にか消え去っていて、残っているのは舞台背景に画かれた、ひなびた松の古木が枝をひろげているのみ……ただ見事としかいえない演出である。喜多六平太、野村万之介、という名前をおぼえたのもその頃だった。

能観賞のあとは、きまって築地のしゃれた料亭で宴会になる。お相伴に連らなるのはいつも笠智衆さんや佐田啓二さんで、女っ気はなかった。凍りつくような雰囲気の撮影現場からはなれた酒席の小津先生は、深川生まれのべらんめえ口調で冗談をとばし、飲めば唄のひとつも出るという陽気で楽しいお酒だった。「芸術」という言葉が大嫌いで、「オッチャン」または「親分」と呼ばれると、目尻を下げて上機嫌だった。お酒が入って座が盛りあがっても、「能」をみたあとの私は妙に無口になって賑やかにはしゃぐ気にはなれなかった。そんな私を小津先生がどう思っていたか知らないけれど、「どんなに野放図な演技《しばい》をしてもかまわない。ただし、品格という二字だけは忘れちゃいけないよ」という小津先生の、声にならない教えをじっとかみしめるばかりだった。

人間には好き嫌いがある。小津先生の映画を、すべての観客が好むとは限らない。移動車やクレーンはほとんど使用せず、カメラはローアングルの据えっぱなし。俳優の演技も、余分な枝葉はすべて取り去り、台詞《せりふ》は正確に、勝手なアドリブは許されない。観る人によっては、俳優はデクの坊としか見えず、静かすぎる画面はただ冗漫で退屈だと感じるだろう。

これは私だけの思いこみかもしれないけれど、小津先生は、人間のすべてを浄化凝縮し、品格と清廉、そして静寂な能の世界を、映画の画面で表現したかったのではないか？　とおもう。そして、そのすべてが小津先生の人柄そのものであった、と、私はおもう。「能」に興味をもつ人は、小津先生の映画に好感を持つだろうし、小津映画のファンはその画面の中に能のたたずまいを感じるにちがいない。

　脚本を執筆するときの小津先生は、茅ヶ崎の海岸にある「茅ヶ崎館」という、旅館というより宿屋風の質素な日本家屋の部屋に、名コンビといわれていた野田高梧氏と何ヶ月も籠っていた。「でこ、遊びにおいでよ」と声がかかると、私は小津先生の顔がみたさに大喜びで押しかけた。二間続きの襖を取っぱらった広い部屋には、脚本の資料が山積みになり、大きな座卓の上には輸入品の罐詰め類やリプトンの紅茶、盆点《ぼんだ》ての茶道具一式。そして愛用の湯飲み茶碗、灰皿、パイプなどの日用品がぎっしりと、しかも整然と置かれ、床の間の違い棚には高価そうな洋酒の瓶や一升瓶が、これもキチンと並べられていて、チリひとつみえない。

それは全く小津安二郎の世界であった。

「先生はなんでもキチンとしてるねぇ。小津親分はキッチリ山の吉五郎だ」

「そうかい、キッチリ山の吉五郎か。……でもねぇ、でこ、吉五郎はやっぱり吉五郎の映画《しゃしん》を作っていくよ。……だってそうだろ？　長年豆腐ばかり作ってた奴に、とつぜんハンペンやがんもどきを作れったって、そうはいかないよな。俺はやっぱり、豆腐だけ作る……」

小津先生の中に何が起こっていたのかしらないけれど、意外に真面目な目つきとその口調に、私は何と答えていいのかわからず、ただ黙った。

映画の、数多い演出家の中で、小津先生ほど人々に敬慕された人はいない。

私が小津先生に可愛がってもらったのは、昭和二十五年から、先生が六十歳で亡くなった十余年間の、それも日数にすれば半年足らずであったが、何十年のつきあいでも印象の薄い人もいれば、ほんのみじかい間でもこちらの心にしっかりと住みついて忘れられない人もいる。小津先生は現在ただいまも、私の心の中に、エジプトの大スフィンクスの如くどっしりと居据って、堂々たる威容を発揮している。

小津先生の死去から、もう三十五年の月日が経った。七十五歳の、じわじわと死にかけの自分の顔を鏡の中に見て、チイとも静かでいい顔にならないのが口惜しいけれど、これは自業自得でしかたがない。
おしまいに、小津先生作の、私の大好きな即興詩を披露させていただくことにする。

雪はこんこん
ストーブだんだん
外はしんしん
山はがいがい
炬燵ぽかぽか
たばこぷかぷか
ぼくはうとうと
ねるばかり。

Laxton
という村です
イギリスの美しい村
のひとつ
ということらしいので
寄って見たのです。
でも私の津和野の
方がもっといいからね

M. Anno

クロさんのこと

平成十年の九月六日。日本映画界のみならず、世界のクロサワとまでその名を知られた黒澤明監督の訃報を聞いた。八十八歳であった、という。天才といわれ、最後の巨匠と讃えられ、撮影所の中では黒澤天皇と畏《おそ》れられていた大演出家の彼だったけれど、私の印象に残っているのは、いまから六十年もの昔、山本嘉次郎監督の演出助手をしていた、二十代も半ばの青年「クロさん」こと黒澤明だけである。

昭和十二年。十三歳で松竹映画から東宝映画に入社した私は、夜昼なしの強行軍で、矢つぎばやに十二本の映画に出演した。その中の、豊田正子著の「綴方教室」を原作とする映画「綴方教室」で、私は正子を演じた。正子の、呑んだくれで日雇いブリキ職人の父親役を徳川夢声。母親役を清川虹子。正子の綴方を指導する大木先生を滝沢修。演出は山本嘉次郎監督だった。

山本嘉次郎監督は、別名「なんでもかじろう」と呼ばれるほどに多趣味多芸の博識家だった。演出も、悲劇、喜劇、時代劇、なんでもこなす才人で、人望も高く、撮影現場は和気あいあいとして楽しかったから、山本組から声がかかればスタッフの誰もが嬉々として馳せ参じた。そのおしゃれもハンパではなく、いつも脚本の他に一、二冊の本を唐桟《とうざん》の風呂敷に包んで小脇に抱えているのが山さんのトレードマークになっていた。撮影中もボルサリーノのソフトにホームスパンの替え上衣とキメていて、ダンディの見本のような美《い》い男だった。その美い男の両側にぴたりと寄りそう二人の助監督が「クロさん」こと黒澤明と「千ちゃん」こと谷口千吉で、クロさんも千ちゃんも山さんより首ひとつちがうほどに背が高く、山さんを中にして、この三人が撮影所内を歩くカッコのよさには、なにかと小うるさいスタジオ雀たちもなりをひそめて見とれたものだった。

「綴方教室」の舞台は、葛飾区、四ツ木の長屋の一軒で、戸障子もロクにない貧乏世帯である。夏の夕方、小学校から帰った正子は、ガタガタのちゃぶ台にノートを広げて早速に綴方を書きはじめる。山さんは、ちょっとしたアドリブが得意だった。

「ねぇ、デコ。そこでサ、左の手の甲に蚊が止まったと思ってよ。その蚊をピシャリと叩いて、また綴方を書き続けてよ」

その山さんの言葉が終ったとたんに、カメラのうしろからヌーとクロさんが現れて、ちゃぶ台の前にアグラをかいた。

「おーい、衣裳部さん、黒い絹糸あるう？」

黒い絹糸を前歯にあててピッと噛み切ったクロさんは、長い指先で器用に糸を結んで「蚊」を作り、その蚊をそっと私の手の甲に置いてニッコリした。大きな真白い歯が印象的で、人と人との出会いの瞬間というものがあるならば、たぶん、クロさんとデコちゃんの出会いの瞬間は、あのときだった、と私はおもう。

映画人の仕事というものは、考えてみれば全くアッ気なく、ソッ気ない。一本の作品を作っている最中は何十人ものスタッフが一致団結、火の玉のように燃えながらエネルギーのすべてを作品に注ぎこむ。が、映画の完成と共に、スタッフ達はサヨナラも言わずに八方に散って、次ぎの仕事に入ってゆく。スタッフの誰かとどんなに親しくなろうとも、作品一本だけのおつきあいで、二度と顔を合わせないこともある。

山本嘉次郎監督には山本組と呼ばれるメーンスタッフが決まっているから、山本作品に出演しない限り、スタッフとも全く無関係という寸法になっている。「綴方教室」の封切りから間もなく、私はまた山本作品の「馬」に出演することになった。「馬」の封切りは昭和十六年（一九四一年）だが、東北地方の四季をふんだんにとり入れた超大作の「馬」には、昭和十四、十五、十六年と、足かけ三年という月日が費やされた。カメラマンにしても、それぞれの得意を生かして、夏のシーンとスタジオ撮影は三村明。秋のロケーション撮影は鈴木博。冬の雪景色担当は伊藤武夫。春のロケーション撮影は唐沢弘光。と、四人のカメラマンが動員されて、現在《いま》の演出家には想像もつかない、金と時間をかけた贅沢さであった。

「馬」のストーリーは、馬好きの「いね」という農家の少女が仔馬をもらうという条件で「花風《はなかぜ》」という妊娠馬を預って世話をするが、成長した仔馬は軍馬として陸軍省に買いあげられて、戦地へおくられてしまう、という、ただそれだけの筋である。

冬。いねがつきっきりで面倒をみていた花風が、センエキという病気になって倒れてしまう。センエキは、日光とビタミンの不足による病気である。花風にあおい笹の葉をたっぷりと食べさせたいと一心に思いつめたいねは、家族にも内緒で、遠くはなれた、青葉のある温泉地を目指して、単身、吹雪の中へ飛びだしてゆく。夜半、背中に山のような笹の葉を背負ったいねは、半分凍りついた姿で家にたどりつく。かすかな物音に気づいて表戸を開けた母親に、一本の棒のようになったいねが倒れかかって失心する。一回、二回、とくりかえされたテストのあとで、また、ヌーと現れたのはクロさんだった。クロさんはセットの神棚にあったローソクを手にとると、マッチで火をつけてドロドロに溶かし、そのロウを、指先か筆か、それは忘れてしまったけれど、私の眉毛とマツ毛に塗りつけた。ロウはすぐに固まって、白く凍結した雪のように私の眉毛とマツ毛に垂れさがった。「馬」はもちろん白黒フィルムで、シーンは夜半の農家だから照明も薄暗く、クロさんの苦心のメークアップの効果も実際には役に立たなかったかもしれないが、私はクロさんの「そこまでやらなければ気がすまない」という執念と、ピリピリとした感性の鋭さ、そして作品への愛情を肌で感じて仰天するばかりだった。

俳優だけでなく、どんな仕事も同じだと思うけれど、職業の進歩というものは、毎日少しずつ前進するものではなく、何ヶ月かに一度、あるいは何年かに一度、というように、突然に飛躍してゆくのだと、私はおもう。当時まだ十六歳の少女俳優だった私でも、真剣な目つきでローソクを溶かしているクロさんを瞠《みつ》めながら、自分はいま、俳優としての階段を一段登りつつあるのだ、という実感をうっすらとではあるが感じていた。

「馬」の東北地方のロケ現場は、盛岡、新庄、鳴子、横手、尾花沢、湯瀬、花巻、と、転々と替わった。ロケーション撮影は、夜間撮影がないかぎり夕刻には終る。夕食後から就寝まではスタッフの自由時間だから、麻雀や花札を遊ぶ人、読書をする人、将棋盤に向かう人、と、それぞれが好きなように時間を使う。しかし、クロさんだけは夕食が終るとサッと姿を消してしまって、どこにもいなかった。

あるとき、就寝前にお風呂に入った私が二階への階段を上りかけると、いきなり階段下の布団部屋の板戸がガラリと開いて、中から四つん這いになったクロさんが這い出してきたので、私はビックリして立ちどまった。うずたかく積まれた夜具の間に小さな机が押しこまれ、机の上には書きかけの原稿用紙が載っていて、天井から裸電球がぶら下ってゆれていた。そばを通りかかった宿の女中さんが、「あれ、今夜はもう終《しま》いかね？」といいながら二階へ上っていったのを見た私はようやく納得がいった。クロさんは毎晩、夕食後の時間に布団部屋に閉じこもって、脚本を書いていたのだった。その後もロケ地が替わり、宿が替わっても、クロさんはいつも布団部屋か納戸で何かを書いていた。私が見た、世界のクロサワの青年時代の一コマである。

書く、といえば、私はあとにも先にもたった一度、クロさんから手紙をもらったことがあった。

「いま、夜中の二時です。僕は自分の部屋で脚本を書いています。ここまで書いたら急におしっこがしたくなりました。階下の手洗いまで行くのが面倒なので窓からおしっこをしました。おしっこが、じょじょじょと屋根を流れてゆきました。もし庭に誰かがいたら、雨かな？　と思ったかもしれません。　　　　明　」

なんともふしぎなこの手紙を、私はどう解釈していいのか分らず、ただ「なんだ、こりゃ」と思った。クロさんもたぶんこの手紙を書きながら「なんだ、こりゃ」とおもったにちがいない。ラヴレターの相手としては、私はあまりに幼なかった、ということだろう。

「馬」が完成したあと、クロさんとのみじかいデートに心をときめかせた時期もあったが、このいきさつは『わたしの渡世日記』（文春文庫）に詳しく書いたので、ここでは触れない。

私は黒澤作品に一度も出演したことがない。だが、思い起せば「醜聞（スキャンダル）」（昭和二十五年）に出演交渉を受けたことがあった。スケジュールがあわず出演できなかったが、もし出演していたら、私の人生は大きく変わっていたかもしれない。

昭和五十年（一九七五年）。

ホテルオークラの一室で、亡き山本嘉次郎監督の思い出会の集りがあった。私が十三歳で東宝映画に入社して以来、山本作品には七、八本も出演させてもらい、個人的にもずいぶんと可愛がってもらった忘れられない人である。

　壁際に並べられた椅子のひとつに腰をおろした私は、懐かしい山さんの遺影をじっと瞠《みつ》めていた。全盛時代の山さんの友人知己のほとんどは亡くなっていて、会場には六、七十人ほどの映画人がいただろうか。その中から、長い手足をフラフラさせながらクロさんが出てきて、私のとなりの椅子に腰をおろした。何十年か振りに会ったクロさんだったが、クロさんも私も「こんにちは」でも「しばらく」でもなく、ただ黙って山さんの写真を瞠めていた。なにか言わなければ……と焦った私の頭の中に、とつぜん、二、三日前に観た「デルス・ウザーラ」の映像が浮かんだ。

「デルス・ウザーラ、観た」

「そう」

「ロングショットが多かったネ。人物もバストがせいぜいだった。どうして？」

「ボクね、なんだかクローズアップを撮りたくなくなっちゃったんだ」

「なぜ？　役者が下手だから？」

「いや、そんなことはないけど」

「ないけど、なにサ？」

「つまり、アキちまったんだね」

「そうか……つまり、トシとったっていうことね」

「ま、そういうことだ」

マイクを手にした司会者が大声で喋りはじめて、クロさんと私は椅子から立ちあがった。それが、黒澤明を見た最後になった。

平成二年（一九九〇年）。

私は映画館で黒澤明演出の「夢」を観た。「夢」には、黒澤明のすべてが入っていた。映画が終って場内が明るくなったとき、私はふっと、「クロさんは映画で遺言を作ったな」と思った。なぜ、そんなことを思ったのかは私にも分らないけれど、なぜかそう感じたのだからしかたがない。

老いの花道

戦前から戦後にかけ、「ブルースの女王」として歌謡界で活躍した淡谷のり子さんが、今年（一九九九年）の九月に亡くなった。九十二歳だったという。

金色や茶色に髪を染め、はれぼったい瞼でマイクロフォンの前に立っている往時の淡谷さんの写真を新聞や雑誌で見た私は、懐かしさと淋しさでしみじみと写真に見入った。

昭和の初期から歌いはじめて、八十歳を越えてなお現役の歌手の道をひたすら歩んだ淡谷さんと、子供のころに映画界入りして、以来、ひたすら女優の道を歩んできた私とは全く世界がちがうようだけれど、昭和のある時期の何年間かを淡谷さんと寝食を共にした貴重な思い出があったからである。

戦前は、ほとんどの映画館で「アトラクション」と称する三十分ほどの歌謡ショウが行われていた。映画と映画の上映の間に、当時人気のあった流行歌手が選ばれて、五、六人のバンドを背景に、二人の歌手が四曲ずつ歌い、プラス楽団演奏が二曲でちょうど三十分になる、という寸法になっていた。ショウは上演中の映画の付録のようなものでもあり、ショウだけお目当てのお客さんもあって、人気のある歌手は旅から旅へと休む間もなく、今日は東へ明日は西へと日本国中を駆《か》けずりまわっていた。

大ヒットをした「別れのブルース」に続いて「雨のブルース」を発表した昭和十二、三年ごろの淡谷さんの人気はすさまじく、日本国中の何処へ行っても、レコードに吹きこまれたもの憂く美しい淡谷さんの歌声が流れていたものだった。

その淡谷さんと、まだ少女俳優だった私との妙なコンビを、どこの誰が企画したのか私は知らなかったけれど、とにかく、あるときから私たちは二人一組となって、寝るも起きるもステージに立つのも一緒、という関係になった。ずっしりとした存在感、大人の歌唱力を持つ淡谷さんとはちがって、私の歌う曲などは小学唱歌に毛が生えたようなものだったが、淡谷さんはイヤな顔もせず、十六歳も年下の私を優しく扱ってくれた。

映画の上映中に私たちが休憩する楽屋部屋はどこも畳敷きで、化粧鏡の両側に裸電球がぶら下った貧相な小部屋だったが、壁に掛けられた淡谷さんの舞台衣裳はどれもこれも飛びきりの超豪華。上等舶来のレースやシフォンをたっぷりと使った夢のようなドレスばかりだった。

私が思わずみとれていると、

「わだすはデコちゃんみたいにメンコくもないし、こんなデブッチョだべ。せめて衣裳でごまかさねば、アハハ」

と、冗談を飛ばして私を笑わせた。

正直いって、当時の淡谷さんは、よく言えば豊満なる肉体美、フツーに言えばお供え餅を何段も重ねたような体型で、楽屋で座っていても部屋着の前が割れてむっちりとした膝小僧がはみ出していた。けれど、ハンガーに掛けられたロングドレスは、標準よりはやや太めのサイズだが、ちゃんと（?）ウエストラインもくびれていて人体の形をなしている。どう考えても、淡谷さんの身体がロングドレスに納まるとは思えなかった。

淡谷さんは、舞台衣裳の仮縫いをいっさいしないのだそうだ。デザイナーのアトリエには淡谷さん用のロングドレスのボディがあって、ドレスの布地とスタイルが決まるとそのボディに合わせてドレスを縫いあげる。淡谷さんは舞台出演寸前に、ウンウンと掛け声をかけながらむりやりに身体をドレスに詰めこみ、なおも背中のファスナーでギリギリと締めあげる。身体に衣服を合わせるのが普通であって、衣服に身体を押しこむというのは聞いたことがないから、私はビックリ仰天した。

淡谷さんのお肉がぎっしりと詰まったロングドレスは、パチンパチンに張りきって、

「まるでソーセージだべサ。衣裳をつけたら最後、座るもシッコも、なーんも出来ネ。アハハハ。だども、この余ったお肉、どこさいぐんだべ？」

と、また淡谷さんは冗談を飛ばし、上等の香水を浴びるように全身に吹きかけてステージに向かうのだった。

人に聞かれたくないような、そんな裏話でもズバズバサラリと言ってのける、大らかな淡谷さんを、私は「こんな人を、プロ中のプロというのだろう。そこらの歌手とはどだい貫禄がちがう。歌謡界の大姐御だ」と、大いに感服尊敬した。

裏話、といえばもうひとつ、こんなエピソードもあった。

北海道の……あれは何処だか忘れてしまったけれど、とにかく真冬で吹雪だった。オンボロの映画館の客席にひしめく観客たちは、毛糸の帽子に手袋、オーバーコートにゴム長靴という重装備だが、すき間風の吹きぬけるステージに立つ淡

谷さんのロングドレスは相変わらずトンボの羽のような薄もので、むき出しの肩は寒さに震え、歯の根が合わない。二人揃って風邪でも引いて声が出なくなったら公演はお手あげである。

当時はもちろん「ホカロン」などという便利なものは無く、厚ぼったい「白金カイロ」をソーセージにはさみこむにもスペースがない。困り果てた関係者が頭を寄せ合い、よりより協議をした結果、ようやくひとつのアイディアにたどりついた。

まず、スタンドマイクの前に、一番小さな七輪を据え、カッカとおこした炭火を入れる。その上から四角い炬燵のヤグラ風の木枠をかぶせ、淡谷さんがヤグラにまたがったら（つまり股火鉢）ドレスの裾でヤグラをすっぽりと覆ってしまう、という案である。七輪作業が終了したところでバンドの前奏がはじまり、急ごしらえの引き幕が開かれる、という案配である。が、もしも七輪の火の粉でも飛んでドレスが燃えだしたら「淡谷さんは大火事だぞ」と、関係者たちはハラハラドキドキと心配をしたが、当の淡谷さんは悠然とかまえて眉ひとつ動かさずに四曲の歌をうたい終えた。そして再び幕が閉められ、七輪が撤去されて、ようやく私の出番、というわけだった。命がけで二日間八ステージをこなした私たちは、早々にオンボロ劇場から退散した。

淡谷さんの御主人、和田肇さんは美男のピアニストだった。和田さんと別れてからはボーイフレンドらしき男性たちが淡谷さんの周りにチラチラしていたが、淡谷さんは悪びれもせず適当に大人のアバンチュールを楽しんでいたようだった。もともとクラシック志望だった淡谷さんは、喉さきで小節を転がす演歌を好まず、徹頭徹尾ブルース一本で押し通した。八十歳をすぎてなお現役で、老いの花道を華やかに歩きぬいてスッ！　と消えていった。

生前から「ひっそりと送ってほしい」と願っていた淡谷さんの言葉通り、葬儀はごく簡素に行われたらしい。サラリとした淡谷さんらしい見事な幕切れだった。

いまから二十年ほど前だったろうか、名古屋駅で新幹線から降りた私はパッタりと淡谷さんに出会った。

「ありやァ、デコちゃんでねぇの？」

「お久し振りでした。どうしてます？」

「相変わらず歌っこうたってるよ。これからここで汽車の乗りかえだと。な？」

と、淡谷さんは、大きなスーツケースを両手に持ったエスコートらしい青年を振りかえった。

「じゃ、急がないと。気をつけてね」

「うん。だばな、デコちゃん」

淡谷さんは小走りに階段に向かって駆けだした。淡谷さんはステージからおりれば、ただのきさくなオバサンである。金色に染め、きれいにセットされた淡谷さんの頭が階段の下に消えるまで私は見送り、それが淡谷さんとのお別れになった。

〽窓を開ければ　港が見える
　メリケン波止場の　灯が見える
　夜風　潮風　恋風のせて
　今日の出船は　どこへ行く
　むせぶ心よ　はかない恋よ
　踊るブルースの　切なさよ
　…………

「だども、わだすはオトコ好きだんだものすかたなかんべサ、アハハハ」
と、津軽弁丸だしで朗らかに笑った淡谷さんの声が、いまも私の耳にしっかりと残っている。

私だけの弔辞

「秀ちゃん、女ってイヤですねぇ、べたべたしていてウソつきで」

「そうでしょうか？　でも、木下先生、結婚なさったこともあるんでしょ」

「結婚？……ちょっとの間。あのね、新婚旅行にいったんですよ、汽車に乗って。いいお天気の日でね、窓いっぱいに富士山が見えたの」

「東海道線ですね」

「そう、僕、富士山きれいですね、って言ったら、その人、え？　どこにですか？　って目玉キョロキョロさせてるの。近眼だったんだ。僕、もうそれだけでいやんなっちゃったんです。女ってウソつきだなァって」

「そんなのメチャクチャですよ。私だってド近眼ですよ。映画の中で眼鏡かけっ放しじゃ困るからかけないだけで、でも別にウソついてるわけじゃありません。木下先生はいつも私に、女ってイヤだ、イヤだと仰言るけど、この私だって女ですよ」

「いいえ、秀ちゃんは女じゃありません。男です」

「え?!」

「秀ちゃんには女っぽいところなんか全然ないもの、立派な男です」

「!」

私は常日頃、人から性格や文章が男っぽいと言われることがあるけれど、真正面から〝あなたは男です〟と断定されたのははじめてだったから、さすがにおどろいて絶句した。

世の演出家といわれる人たちは、大なり小なり変人奇人の気があるけれど、同じ演出家でも成瀬巳喜男監督とはまるで異なる。成瀬監督は青白く光る秋の月のようだったが、木下監督は常時めらめらと燃えたつオレンジ色の火の玉のようで、変人奇人というよりは、いっそ「奇態な人」というほうが当っているかもしれない。昨日大好きだった人が今日は大嫌いになったり、「この次ぎの映画のストーリーはね、これこれこうなの、面白いでしょ」と言ったかとおもうと、二、三日あとでは「あのストーリーやめちゃった。ツマんないから」とくる。あまりのボルテージの高さに聞いている私のほうが息切れをして、会話を途中で放りだして逃げ出すこともたびたびだった。

あれは……私が十二本出演をした木下作品の、どの映画のときか忘れてしまったが、ある日、撮影現場の片隅に置かれたベンチに座ってライティング待ちをしていた私のそばへスッと寄ってきた木下監督が、胸のポケットから一枚の写真をとりだして私に見せた。

写真は名刺ほどの大きさで、茶色に変色した古い写真だった。山積みのワラ束を背景に、みじかい着物に三尺帯、オカッパ頭の私がチョコンと座っていて、私の肩に手をかけてニッコリしているのは、青年というよりまだ少年の面影のある木下監督である。

「秀ちゃん、この写真、おぼえてますか？」

「いえ……」

「そりゃそうよね。じゃ、『頰を寄すれば』って映画の主役を演《や》ったことは覚えてる？」

「『頰を寄すれば』……ええ覚えています、私、たしか九歳のとき」

「そう。昭和八年。僕が松竹蒲田撮影所のカメラの助手になったときの、初仕事だったのよ」

「へえ、そうでしたか……」

私はボロボロに千切れた古い記憶の糸を寄せ集め、ジグソーパズルのように接《つ》ぎあわせた。

「頬を寄すれば」は、昭和八年。松竹映画。演出は島津保次郎。私の初のオールトーキー映画である。ストーリーは、子供主役のたあいのない物語であった。

妻に死なれてやもめになった良助は、一人娘の美也子を連れて大実業家のお抱え運転手として庭内の六畳一間の小屋に住みこんでいる。

良助は、毎朝黒塗りのロールスロイスをピカピカに磨きあげ、制服制帽に真白い手袋をはめて、お邸《やしき》の玄関前に車を据えて待機する。

お邸には優しく美しい令嬢が一人いて、美也子はこのお嬢さんが大好きだ。令嬢もまた美也子を妹のように可愛がって、洋裁学校に通学するときも美也子を連れてゆくまでになる。

そんな運転手親子をこころよく思わない実業家の秘書は、悪意のある方便を使って良助をクビにする。が、その実状を知った実業家は、秘書を解雇し、良助親子を呼び戻す。美也子は大喜びである。

やがて、令嬢は婚約をする。

〝お嬢さんのお婿さんは、父、良助に決まっている〟と信じこんでいる美也子の胸はときめき、ひたすら結婚の日を待ちわびる。

そして、結婚式の日が来る。美也子の心中を察している良助は、ウエディングドレスの令嬢一人を車に乗せ、美也子を無視して車をスタートさせる。おきざりにされた美也子は車を追って走り出す。

結婚式を挙げる教会は、小高い丘の上にある。走りに走る美也子の白い帽子は風で飛び、一張羅のワンピースは汗まみれになるが、それでも美也子は走り続けて、ようやくたどりついた教会の窓から中を覗きこむ。が、お嬢さんと並んでいるお婿さんは、父、良助ではなく、全く見知らぬ人であった。

驚愕と失望で瞬《まばた》きもできぬ美也子の眼から、ただ、とめどなく涙が溢れ出て、頬をつたう……。

「秀ちゃん、あの教会の窓のところのクローズアップで、秀ちゃんはほんとうにボロボロ涙をこぼしたでしょ。……僕はカメラの横からそれを見て感動して、僕もボロボロ涙をこぼしたんですよ。そして、そのとき決心したの。僕は将来、絶対に演出家になるんだ。そして秀ちゃんの映画を撮るんだって。その決心を忘れないようにと、この写真を写してもらったんですよ。……そんなことがあったこと、秀ちゃんは知らなかったでしょうけどね。この写真は、僕の起爆剤」

木下監督はふふふと笑いながら、私から写真をとりあげ、また上衣のポケットに納めると、ケロリとした顔で歩み去った。

その後ろ姿を見送りながら、私は呆然としていた。古い写真をみせられてショックを受けたからではない。五歳のころから映画界に入った私はイヤというほどカメラを向けられ、記念写真の類いも数多く撮られている。そんなことではなく、昭和八年から何十年もの間、あの小さな写真を保管しつづけたという、木下監督の異常ともいえる「執念」に圧倒されたからだった。

昭和十一年。木下監督は撮影部から名演出家、島津保次郎に引きぬかれ、念願の演出助手になった。昭和十五年に応召。十六年に傷病兵となって召集解除。昭和十八年に第一回監督作品「花咲く港」を公開して好評を得、以後、たてつづけに優れた作品を公開しつづけた。

「頬を寄すれば」のときの恵ちゃんは、恵さんになり、木下君になり、木下さんになり、そして師を越える名演出家木下恵介になった。私もまた、子供から少女になり、娘になり、女性になって、お互いに映画街道を歩みつづけた。

昭和二十五年。東宝映画の専属だった私は、東宝を離れて、日本最初のフリーランサーになった。そして二十六年に、これも日本最初のカラー映画「カルメン故郷に帰る」という木下作品に出演した。フリーになっての初仕事、そして木下監督との初仕事だった。日本映画の最高によき時代であり、オレンジ色の火の玉が最も輝いていたときでもあった。

今年のハワイの冬は異常に寒かった。私たち夫婦は揃って大風邪をひき、何週間もベッドにへたりこんでいた。テレビを見ず、ラジオも聞かず、新聞もとらず、電話のベルも切って、もぐらのようにアパートに閉じこもっていた私が木下監督の訃報を知ったのは、新聞の切り抜きが同封された日本の友人からの手紙だった。ただ「死なれちゃった」という鉛のようなおもいが胸をふさいだ。

人の集るところが苦手な私は、冠婚葬祭にはほとんど出席しない。とくに「葬」の場所には出向かない。祭壇の遺影にお別れした直後にバシャバシャと写真を撮られ、テレビカメラがまわり、マイクロフォンを突きつけられて、故人の思い出やら感想をスラスラと話せるほど私の神経は太くない。大切におもえる人であればあるほど、私はひっそりと一人静かに故人との思い出に浸りたい。非常識と言われようが不人情と思われようが、私は私のやりかたを変えようとはおもわない。

私は「鉛のような重さ」の下から幾つかの思い出をひっぱり出し、私だけの弔辞を書こうとおもった。ラナイの向うには紺碧の海がひろがっている。木下作品「スリランカの愛と別れ」のラストシーンは、私が演じたジャカランダ夫人の遺骨を海に流す映像で終っている。私の弔辞も、海に向かって流そうとおもった。

木下恵介監督とのおつきあいは、昭和二十六年の日本最初のカラー映画「カルメン故郷に帰る」からはじまりました。以後、天才演出家として映画界に君臨した木下作品に十二本も出演させていただいた私は、女優としてほんとうに幸運だった、と感謝しております。

木下監督とは、仕事をはなれての個人的な交流はほとんどありませんでした。が、三、四年ほど前だったでしょうか、ある夜、とつぜんお電話をいただきました。〝いま、久し振りに「二十四の瞳」のビデオを見終ったところなの。それで、もし秀ちゃんという女優さんにめぐり会っていなかったら、今日の僕は存在しなかっただろう、と、つくづくおもって、一言お礼を言いたくなって電話をしたんですよ。秀ちゃん、いい仕事をさせてもらって、本当にありがとう〃と仰言ったので、私はびっくりして〃とんでもない。それは私が言うことです。私のほうこそ、ありがとうございました〃とお答えすると、木下監督はいつになく静かにキッパリとした口調で〃いえ、そうじゃありません。秀ちゃんあってこその僕だったんです。感謝しています。ありがとう……ありがとう〃と、何度もくりかえされたので、私はなぜかフッと不吉な予感がしたくらいでしたが、その電話が木下監督との最後の会話になってしまいました。

木下監督との最後の仕事は、昭和五十四年の松竹映画「衝動殺人　息子よ」でした。若山富三郎さんの奥さん役を演じる女優がどうしてもみつからない、と困っていられて、私自身としてはその何年も前から女優を引退したつもりだったのですが、長年の御恩がえしになるなら、と思って出演させていただきました。木下監督は私のひとまわり上の子《ね》年ですが「衝動殺人　息子よ」の撮影現場では相変わらずてきぱきと、木下作品独特の鋭いセンスを発揮して、楽しそうに演出をされていました。

どの仕事のときも、元気溌剌として、少々気まぐれで、撮影現場を敏捷に走りまわっておられた木下監督のお姿が、いまも鮮やかに甦ってきます。

生まれながらの才能とチャンスに恵まれたとはいえ、長期間に亘って積み重ね、磨きあげた演出技術は、一朝《いっちょう》一夕《いっせき》にできるものではありません。その輝かしい巨星が一朝一夕にして、ふい、とかき消えてしまうという事実は、あまりにも理不尽ではないか、と、残された者はただ茫然とするのみです。

木下先生。聞こえますか？　もし、先生との出会いがなく、先生の強引さと、迫力のある牽引がなかったら、もともと演技が苦手で女優度の希薄だった私などは、とうに映画界から放り出されていたことでしょう。

長い間、ほんとうにありがとうございました。無宗教の私は、今度生まれ替ったときは、とも、またあの世でお目にかかります、とも言いません。たった一言、ありがとうございました。と、申しあげます。

木下先生、さようなら。

私のご贔屓《ひいき》・松竹梅

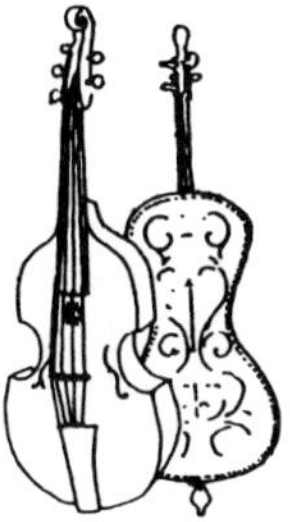

安野光雅

「京都へ美味しいもの食べに行きませんか？」

「いいねぇ、行こう行こう。京都ならちょうどいいや、ボク一足さきに行ってひと仕事して待ってる。三時までには描きあげちゃうから」

約束の日、三時にホテルの部屋へゆくと、安野画伯がションボリと窓の外を眺めていた。

「どうしたんです？　お仕事終りました？」

「それがねぇ、描けなかったの」

「え？　何故です？」

「京都に着いてから気がついたんだけど、スケッチブックや絵の具、忘れてきちゃったのよ。だからずーっとここに座ってた」

私は絶句した。どこの世界に画材を持たずに絵を描きにゆく画家がいるだろうか？　安野画伯のお母さんだったらたぶん、こう言っただろう。

「しょうのない子ねぇ、お前は」

でも、私は、なぜかそんな安野先生が好きなのだ。

「天衣無縫」という言葉は安野画伯のためにある、と、私はおもっている。

沢木耕太郎

私は沢木耕太郎作品の愛読者の一人である。

以前の、ノンフィクション『深夜特急』の六部作なんかあんまり夢中になりすぎて顔がムクんじゃったほどだった。が、彼はケチで、出しおしみをするせいか、ヒョイヒョイと気軽に文章を書かない。

私は出版社の、三人の編集者にきいてみた。

「ねぇ、沢木さんてどんな人？」

〝ひと言で言って爽やか。そして美男子です〟

〝文章そのまま、会って気分のいい人ですよ〟

〝男好き、って言いかたはヘンだけど……やっぱり、男好きのする好男子ですなぁ〟

その後、一度だけ沢木さんに会ったことがあるが、第一印象はやはり「爽やかな人」だった。私がテレビ局のＣＭのスポンサーなら、早速〝スカッと爽やか耕太郎〟と登場してもらいたい、とおもった。

その沢木さんが、重すぎる腰をあげて長編小説を書いた。ついに小説家に変身か、待ってました！

松山善三

私は、青年松山善三と結婚したとき、彼に向かってこう言いました。

「私はいま、人気スターとやらで映画会社がたくさん出演料をくれていますが、くれる金はありがたくいただいて、二人でドンドン使っちゃいましょう。でも、女優商売なんてしょせんは浮草稼業。やがて私が単なるお婆さんになったときは、あなたが働いて私を養ってください」

「ハイ。分りました」

以来、私たち夫婦は金銭に関わる話を一度もしたことがない。

そして、それから四十七年。半病人のマダラ呆けになったオバアの私を、これも老いたる猪に変身した松山オジイは、脚本書きの収入で約束通り、私を養ってくれている。

小さな台所でお米をとぎながら、オバアはひとり呟いている。

「ボカァ、倖せだなぁ」

ナーンチャッテ。

秀子さんへ
馬籠峠を越えた
ところで見える
恵那山
もう少し行って
かけばよかった
例の藤村の故郷
だというので 記念館
もありました

たけしの母と秀子の母

「たけし」といえば、たいていの人は「あ、ビートたけしネ」という顔をする。

これほど知名度の高いビートたけし、本名、北野武という人に、私は会ったこともなく、テレビをほとんど見ないので、その才能や人気の秘密がどこにあるのかも知らないけれど、チラッとみかけるスナップ写真のたぐいからは、かなりシビアで屈折した性格の人ではないか、という印象をうける。笑いを演じる職業ではあるけれど、たけしのガラス玉のような眼玉は、たぶん一度として本当に笑ったことがなく、というより、眼玉はいつもシラーッとして山の彼方の空遠くあたりをさまよっているのではないか、と、私はおもう。今様にいえば無機的人間とでもいうのだろう。

芸能人といわれる人の芸を見ず、小説家の小説を読まずして、つべこべと書き散らすことが、いかに僭越、不遜なことか、というくらいのことは、私のようなアホウにもわかっているけれど、私が書きたいのはたけしの芸や眼玉のことではない。

私は、たけしの書くエッセイの愛読者の一人である。たけしの前衛的な毒舌は世に定評のあるところだが、毒舌では人後におちないと自認するこの私でさえ、「寸鉄人を刺す」かとおもえばヒョイと一歩下がって自らをカリカチュアっぽくちりばめるところが心憎く、誰にでも出来る芸当ではない、と、いつも感服している。

たけしが月刊誌「新潮45」に連載している最近のエッセイに「おいらの母親物語」というタイトルで、たけしは自分と母親のことを語っている。

たけしの文章を少々引用させてもらうと――。

「(オフクロの)口調は、『あたしはもともと高山男爵家の女中頭をやってて、子供の教育係だったんだ。おまえたちのお父ちゃんとは教養が違う』だった。

これは相当怪しいんだけれども、オフクロは師範学校を出て、すぐ男爵家の教育係に呼ばれたほどの才媛だったんだという。(中略)どこまで信用できるかわからない話は他にもいっぱいあって、オフクロは男爵家の紹介で、最初は海軍中尉と一緒になったんだとも言っていた。それでオフクロは、北野という姓になったんだって。その中尉が死んだ後、『北野』って名前を残せって言われて、養子という形で親父をもらった。

だから、親父は『北野』じゃないらしい。おまけにオフクロは、あの人は二人目なんだと公言してはばからなかったから、親父がぐれるのも無理はなかったんだ」

と、たけしは書いている。

これだけ読んでも、お母さんという人はザックバランを通りこして、相当な傑物であるらしい。ここまであけすけに何でも言ってしまえば、子供は母親に対して、余計な不信感や猜疑心を持つ余地もなく、エネルギーの倹約になる、というもので、賢明なお母さんである。

たけしには勝という亡くなった長兄がいて、勝はどうやら母親と、死別した海軍中尉との間の子供だったらしく、

「というのは、天才だったたって、オフクロによく聞かされたからだ。仏壇に写真が飾ってあって、線香を上げるたびに、『たけし、かっちゃんは偉かったのにな、お前の一番上だよ。これはできたんだ』というようなことをしじゅう言われた。言外に、おまえら菊次郎（たけしの実父）の子供はばかだっていう意味だから、がっくりきた」

たけしの苦笑いが見えるようである。

日本の芸能人の宿命といえるかもしれないが、芸能人の中にはとかく複雑な家庭の事情を背負っている人間が多い。たけしの事情もややこしいけれど、私、秀子の家庭の事情も、イイお父さん、イイお母さんの優しい愛に育《はぐく》まれて、というような結構なものではなかった。

秀子は北海道の函館で生まれた。

四歳にもならぬとき、母親が結核で死亡。秀子は養母となった人の住む、東京は鶯谷の家に連れてこられた。養母には、夫らしい男性がいたようだが子供はいなかった。とつぜん四歳の子供の母親になってとまどい気味の養母がはじめてしたことは、「自分たちは実の母子である」ということを正当化しようとする作業だった。

養母は一日に何回も「あんたの母さんはこの私、あんたは私の子供だよ。分ったかい？」と、執拗にくりかえした。が、秀子の眼には、ついこの間死んで、座棺の中に座っていた母親の顔がしっかりと残っていた。

「私の母さんは死にました。おばさんは私の母さんでもないくせに、実の母子だなんてよく言うよ。ウソツキ」

とは思ったものの、四歳の秀子がそんなことをちゃんと言えるはずがない。が、この時点から秀子の心の中に、大人への不信感が深く根づいたのはたしかだった。

これがもし、たけしのオフクロさんだったらどうだったろう？　いとアッケラカンと、

「あんたの母さん、死んでいなくなっちゃった。しかたがないからこれからは、このオバサンと仲よくやっていこうよ」

とでも言ったかもしれない。もしそう言われたら秀子は子供心にもどこかで納

得をしただろうし、その後の養母との生活が、ボタンのかけちがいのようにちぐはぐとねじくれたものにはならなかったのではないか、とおもう。

養女になって一年も経たぬころ、秀子はヒョンなことから松竹映画の蒲田撮影所に入社した。子役といっても西も東もわからぬ赤ん坊同然、養母が口うつしに教えこむセリフを喋り、カメラの前でウロウロしているだけだったけれど、どういうわけか人気が出て、ブロマイドが飛ぶように売れた。五歳の秀子が、当時の大学卒のサラリーマン並みの月給をとるようになったとたんに、養母は内職をやめて秀子のつきそいに専念、それまではたまにふらりと顔をみせるだけだった養父（旅まわりの活弁士だったらしい）が家でゴロゴロするようになって、一家の生活は秀子の収入ひとつにかかった。

明けても暮れても、養母に手を引かれての撮影所通いは、小さな秀子にとってラクなことではなかった。が、養母は一度として「子役はイヤか？　やめたいか？」と聞いてくれたことはなかった。撮影所へゆけば「秀チャンのお母さん」

とチヤホヤされて舞いあがり、秀子という虎の子の小さな手をしっかりと握りしめた養母は、いまでいうステージママの、はしりとなった。

撮影現場にいるのは、明治生まれのオジサン、オバサンだけで、子供はいないから、秀子には全く遊び友だちがいなかった。

夕方、撮影所から家に帰る途中に小さな駄菓子屋があって、店先きにはいつも五、六人の子供たちがたむろしていた。子供は、子供の寸法でモノを見る。秀子は自分と同じ年頃のその子供たちと遊びたくて、店の前を通るときは思わず足が停まった。そんな秀子を見た養母は、なにを勘ちがいしたのか、子供たちを蹴散らすようにしてズイと店内に入ると、アメ玉やチビチビとした玩具を手あたりしだいに買いこみ、店の看板になっているキンカ糖のバカでかい招き猫まで買って駄菓子屋のおばさんを煙にまいた。

家に帰って、畳の上に、アメ玉や金平糖、玩具や招き猫を並べてみても秀子の心はいっこうに弾まない。秀子が欲しいのは、一緒に遊んでくれる友だちであって、モノではなかったからである。

とんちんかんな養母と、じめじめと陰気な秀子の毎日とはちがって、勇猛果敢なたけしのオフクロさんと、四人兄姉の末っ子に生まれたイタズラ小僧たけしとの日常は、他人からみれば親子のチャンバラゴッコのようでほほえましい。オフクロさんも憎まれ口の名人で、二言めには「ばかやろう」「お前みたいなばかは死んじまえ」と、たけしを虚仮《こけ》にしながらも、如何にしてたけしに学力をつけさせようかと心を砕いた。

「あれは、六年生になった年の誕生日だった。オフクロが何か買ってやるから、たけし、早く支度しなって、突然言い出したことがあった。

遠足以外で電車に乗るなんて初めてのことだったし、まして何か買ってくれるというんだから、おいらはほんと興奮して舞い上がってしまった。道中、グローブがいいかな、電気機関車がいいかなって考えていたら、神田で降りることになった。

連れて行かれたところが、大きな本屋。『本かあ』とつぶやくと、後ろから思い切り殴られた。

世界名作全集か何かならまだよかった。子供用の参考書『自由自在』を算数から何から十冊も買われたときは、めまいがした。なにが自由自在だ。おいらには、不自由不自在な日々じゃないか。今でもラジオかなにかで『馬のマークの参考書』って歌を聞くと、暗ーい気持になる。

その晩、家へ帰るなり『自由自在』を広げさせられた。ちょっとでも手を抜くとぶん殴られたし、ほうきの柄でつつかれたこともある。そのくらいおいらに勉強をさせたかったんだ。

当時の親というものは、多かれ少なかれそういうところがあった……」

と、たけしは書いているが、そういうところがない親もいたのである。秀子の養母がその一人だった。

六歳になった秀子は小学校に入学した。が相変わらずの撮影で忙しく、学校へゆくヒマはほとんどなかった。養母はひらがなしか読めず、自分の名前を書くのがやっとという人だから秀子になにも教えることができない。といって秀子に家庭教師をつけるなどという才覚は全くなかった。たまに学校へ行って教室に座ってみても、授業はずっと先へ進んでしまっていて、秀子はいつもポツンと孤独だった。そんな秀子を哀れに思ったのか、担任の指田先生は、秀子が地方へロケーション撮影に出るときには必ず二、三冊の絵本を持って駅まで見送りに来てくれた。秀子は絵本を抱きしめ、穴のあくほどくりかえし瞠《みつ》めて、少しずつ文字をおぼえるようになった。秀子が読み書きができるようになったのは全く指田先生のおかげである。

指田先生は秀子の神サマだった。

本を読む楽しさを知った秀子にとって、読書は唯一の友だちになった。少女に成長してからは書店を物色することもおぼえ、秀子の本棚に一冊、また一冊と本が増えていった。

撮影所から戻って風呂に入り、夕食が終ると好きな本を抱えて寝床にもぐりこむ。秀子にはそれがなによりの楽しみだった。が、本を読みだすと必ず、養母がつかつかっと入ってきて、ものも言わずにパチリと電灯を消してしまう。……なぜだろう？　夜更しをすると明日の撮影にさしつかえるから、という意味なのか、それとも養母には読めない漢字まじりの本を読んでいる秀子に、一種の嫉妬を感じるからなのか？　……たぶん後者だったろう。とにかく養母は秀子が活字を読むことを嫌った。勉強をすることも嫌った。「勉強なんかしなくたって、金さえあれば何でもできる」それが養母の考えかただった。「参考書を買う金はあっても、食い物にはあまりお金をかけないというのが、オフクロの方針だった」というたけしのオフクロさんとはたいへんな違いである。

そんなとき、秀子の心にはいつも、ひっそりと「もし、死んだ実母だったら……」というおもいが走った。秀子の、声にならない悲鳴の持ってゆき場所は、なぜか生きている人間ではなくて、死んだ実母だけだった。秀子は結核だった実母の母乳をもらえず、重湯とミルクで育てられたという。実母に抱かれたという記憶もない。が、それでも秀子にとって、実母は絶対の人なのだ。こういうことを世間の人は「だから、血のつながりが云々……」と言うけれど、秀子には分るような気もするが、もうひとつピンとこないところもある。

嫉妬、といえば、秀子が少女から娘になり、人気女優と呼ばれるようになったころから、養母は、母子というより、女対女の嫉妬の眼で秀子をみるようになった。秀子の映画や舞台、すべての出演料は全部養母の手に入る仕組みになっていたが、秀子という金の生《な》る木には二本の足が生えている。いつ、どこへ行ってしまうかわからない、という不安からか、養母は秀子の収入を湯水のように使って、秀子のオンお母様という存在の確立にヤッキとなった。肩にはミンクのショール、指にはダイヤ、札ビラを切って集めたおとりまきとの麻雀三昧。……そんな養母を見るたびに、秀子はげんなりとしながらも、「決して、養母のような人間にはなるまい」と、くりかえし思うのだった。

少年のころからオフクロさんとのチャンチャンバラバラで、いつもお面のとられっ放しのたけしは、折角入った大学をとつぜん中退して一念発起、自分の道を一人で歩いていこう、と決心する。長年のオフクロさんの呪縛から解かれたい、というおもいもあった。といっても、さて、その道がどこにあるのかわからない。あちらこちらとアルバイトを転々とし、フランス座、松竹演芸場などの舞台を踏む内に徐々に顔を知られるようになった。その後テレビの画面にも進出して月給が百万円になったとき、たけしは久し振りにオフクロさんに電話をかけた。

「テレビに出てるね、金稼いでいるのか？」というオフクロさんに「まあまあネ」と答えたとたんに「じゃあ、小遣いくれ」とピシャリと言われて、たけしは鼻じろんだという。以来、二、三ヶ月に一度ほど「小遣いくれ」と請求され、たけしは「なんだ、相変わらず金なのか」と寂しいおもいをするようになった。それでいて、たけしが警察に捕ったときは「頼むから死刑にしてくれ」。事故を起せば「死んでしまえばいいんだ」と、相変わらずの毒舌で、オフクロさんがそれなりの愛情を持っているのか、菊次郎の息子はやっぱりばかだと思っているのか、オフクロさんの真意がさっぱり分らず、さすがのたけしもかなり混乱したらしい。

今年（一九九七年）の冬のある日、たけしは、九十二歳になり、軽井沢の病院に入院中のオフクロさんを見舞いに行った。オフクロさんは、

「今度おまえが来るときは、あたしは名前が変わっててんだ。戒名がついてるから

さ。葬式は長野で出すから、おまえは焼香にだけ来りゃあいい」

と、相変わらずの憎まれ口を叩いたが、主治医にきくと、

「骨がかなりもろくなっているが、重症ではない。とにかく年齢のわりには頭はしっかりしています」

とのことで、そりゃあ、あれだけ口が回るんだから、頭は大丈夫だよな、とたけしは一人呟《つぶや》いて、帰りの電車に乗った、という。そして、たけしの姉さんが「たけしに渡してくれ」とオフクロさんから預ったという紙袋を開けてみた。

「何だ、これは。おいらは言葉を失った。それは、おいら名義の郵便貯金通帳だった。

通帳をめくると、遠く見覚えのある数字が並んでいる。

51年4月×日　300、000
51年7月×日　200、000

おいらが渡した金が、一銭も手つかずにそっくりそのまま貯金してあった。

三十万、二十万……。一番新しい日付は、ほんのひと月前だった。軽井沢郵便局のスタンプが横にある。全部で一千万円近くになっている。

車窓の外の街のあかりが、にじんでみえる。最後の勝負は、おいらが九分九厘勝ったはずだったのに、最終回にひっくり返されたというわけだ。

兄貴たちから聞かされていたことを思いだした。

『オフクロは、いつもたけしのことを心配しているんだよ。芸人なんていつ落ち目になるかわからない。私は亭主の仕事がパタッとこなくなったとき、どうなったか知ってるんだ。その時に貯えた金がなかったら終わりなんだよ。あいつはばかだから入った金はどんどん使っちゃってるだろう』

オフクロは、おいらの人気なんか明日にもなくなる、と心配していてくれていたんだ……」

正眼の構え。見事に一本とられたたけしはグウの音も出ず、ガラス玉の眼玉が潤んだ。

九十二歳の今日まで、たけしのよきライバルという母親であり続けたオフクロさん。なんだかんだとブーたれながらも、魔術にかかったようにオフクロさんを慕う息子のたけし。血の気の薄い秀子でさえ「これが血というものなのか」と、ホロリ涙のひとしずく、語るに落ちるとはこのことである。

昭和二十五年。五歳から二十年間、ひたすら働きつづけた秀子に、遂に限界がきた。

養母に疲れ、アブクのような人気女優であることに疲れ、自分が単なる金銭製造機であることに疲れ、身心ともに疲れ果てた秀子は、すべてを振り捨てて単身パリへ飛んだ。人々は、当時はまだ珍らしかった海外旅行を羨ましがったが、秀子にとっては命からがらの海外逃亡だった。

パリに着いて間もなく、秀子は一通のエアメールを受け取った。秀子の生涯でただ一度の養母からの手紙で、一枚の便箋に鉛筆でただ一行、

「おかねをおくってください。母より」

とあった。パリへの出発前、秀子は家を養母の名義に書きかえ、養母の生活費にと借金までしたのだった。秀子はイタズラ心をおこし、フランスフランを送ってビックラさせてやろうか？　とおもったが、そんなシャレがわかる養母ではない。秀子は養母の手紙を屑籠に放りこんだ。

七ヶ月のパリ滞在を終えて東京の家に帰った秀子は、それこそビックラ仰天した。養母は土地を担保に銀行から金を借り、家を改築して、十三人の従業員を使う料理旅館のおかみに納まっていたのである。もちろん看板は秀子だった。そして、もっとビックラこいたことは、娘の秀子に宿泊代からクリーニング代までしっかりと請求したのである。

秀子は、わが家の客人であることをやめ、パリから持ち帰った二つのスーツケースをぶらさげて、帝国ホテルへ引越した。わが家の宿泊代は一泊二千八百円、帝国ホテルが二千七百円だったことを、秀子はいまでもおぼえている。

ようやく養母からはなれて、同じ麻布に住居を構えていた秀子は、昭和三十年に松山善三と婚約をし、その報告をしに久し振りで養母を訪ねた。訪問時間約十五分。終始無言で秀子の報告を聞いていた養母が、はじめて口を開いた。

「結婚披露宴の、私の紋つき一式はあんたがそろえておくれ。結婚後は毎月三十万円、小遣いを届けてちょうだい」

けれど、養母は秀子が整えた紋服を地味だと気に入らず、ししゅうゴテゴテ、関取の化粧まわしのような紋服で披露宴に現れた。

それからの約二十年間、養母がヘルペス（帯状疱疹）に冒されるまでの間が、養母にとって、文字通り、栄耀栄華をきわめた時代だった、とおもう。養母のヘルペスはたちが悪く、ウイルスが脳に入って言語障害を起こし、そこへ、いまでいうボケが加わって廃人同様になった。当然店は閉店、養母の「一人天下」は終った。

タクシーで、まるで投げこまれるようにわが家に送りこまれてきた養母の持ちものは、ガーゼの寝巻き二枚と、カラのハンドバッグ一つだった。やがて徘徊がはじまり、寝室で転倒して胸を打った養母は、浜松の病院に入院、ある朝、ベッドの上でアッという間に死んだ。診断は心臓マヒだった。

晩年の養母は相変わらず、金銭以外の何物も信用せず、ただ欲のかたまりのまま

この世を去った。秀子の結婚の仲人だった川口松太郎先生に「オニのようなおふくろだったなァ」と言われたことがあるけれど、絵画などでみるオニはなんとなくユーモアがあってマンガチックだが、養母は秀子にとって一触即発、地雷と寝起きしているような日々だった。が、それも終った。

親子は、仲が良ければそれに越したことはない。仲の良い親子ははた目にも爽やか、健康で羨ましい。が、負けおしみではないけれど、仲の悪い親子もまた、捨てたものではない、と、秀子は考える。秀子の養母はオニのような母だった。けれども秀子はその母から、人間の持つ卑しさ、おぞましさ、あさはかさなどをイヤというほど見せられたことで、人生の大きな勉強をした、と今では思っている。養母は秀子にとって完璧な反面教師であった。

遠い昔、養母に手をひかれ、「子役がイヤか？　やめたいか？」と問われて「ウン」と答えていたら、今日の秀子は存在しなかっただろうし、監視にも近い、養母のいびつな愛がなかったら女優にはなれなかったし、スキャンダラスな事件もなく、まっとう（？）な結婚も出来なかっただろう。そう考えると、トクをしたのは秀子ばかりのような気もしてくる。「血は水よりも濃い」という言葉がある。が、本当に濃いのは血ではなく、子供のしつけ、日常の過しかたの濃い薄いではないか、と秀子は思う。「たけしのオフクロさんはよくぞしつけた」が、「秀子の養母はしつけを知らなかった」。

「母を恋うる記」は世に多い。たけしのオフクロさんへの想いも、秀子の養母への思いも、その根にあるものは過ぎ越し日々の「ある日はオニのような」「ある日は慈母のような」恩愛の情ではなかっただろうか。どちらの母も、今は、光り輝いている。

栄作の妻

いきなり「栄作の妻」などと気やすく書いたけれど、正しくは、昭和三十九年から四十七年までの八年間、日本国の総理大臣をつとめた佐藤栄作氏の令夫人、寛子《ひろこ》さんのことである。

寛子さんとの初対面は、栄作氏が「沖縄返還」をとりつけて凱旋した直後、軽井沢の料亭に、梅原龍三郎画伯が佐藤御夫妻を招待し、私ども夫婦が御相伴にあずかった時だった。寛子さんの第一印象は、軽やか、控えめ、「聡明」の二字がピッタリで、私は一目で彼女に好感を持った。

梅原画伯はなぜか、このトンチンカンなメンバーの会食を好み、東京へ戻ってからも、六人で中国料理のテーブルを囲んだりした。

そんなある日、寛子夫人から箱入りの上等の牛肉が届いてきた。「牛肉の到来が続いたので、少々おすそ分けです。主人はどちらかといえば魚好きなので……」というのがその口上で、私は思わず飛び上った。飛び上ったのは、牛肉を頂戴して欣喜雀躍したからではない。当時、私の夫の友人から再々、新鮮な魚貝類がしこたま到来することがあった。イカなら石油罐に一杯、鰺ならトロ箱に百匹ほど、鰹や鰤は丸ごと何本という量で、夫婦二人暮しのわが家ではとうてい消化不可能である。私は早速、牛肉と魚の物々交換はいかが？　と電話を入れた。

「え？　鰺だって？　もらうもらう。な－に鰺なんて何十匹だろうと私がサッサと開いて干物にしちまうから平気じゃ」

以後、佐藤家の運転手さんは、鮮魚と牛肉の運び屋となって、両家の間を往復した。ときおり、牛肉のとなりに寛子夫人が便乗してくることもあった。一国の首相夫人であれば、公的な冠婚葬祭はもちろんのこと、数多い集会やパーティにも出席しなければならない。一日に二度、三度と世田谷の自宅へ着がえに帰る時間もなく、いつの間にか麻布のわが家の一室が寛子夫人の更衣室になってしまった。大風呂敷の包みを抱えて駆けこんできた彼女が、着ていた訪問着をかなぐり捨てて喪服に着がえて飛び出していったり、アフタヌーンドレスをあたふたとイヴニングドレスに着がえたり、と、見ている私のほうが目をまわすほどに忙しい。

「忙しいこっちゃ、栄作の妻は。合間に魚も捌《さば》かなきゃならないし」

「忙しいのは善三の妻も同じじゃろ。女は妻になったが運のつき、妻はツマらん、ワハハ」

「さて、私も出かけようっと」

「そうだ。あんた丸の内のどこかにお店持ってるんだって？」

「小さな、美術骨董店、というよりガラクタ屋だけど」

「その内、表敬訪問にゆく」

「来なくていいです、忙しいんだから。告別式の帰りなんてエンギ悪いからね」

「いいや、行く。紋つきの裾模様着て行く」

秋晴れの日の午後、寛子夫人は両手に余るほどの花束を抱えて、セカセカと私の店に入って来た。

「バラの花束なんてチンプだから、うちの庭に咲いているホトトギスを切ってきた。壺はあるかね？　私が活けるから」

寛子夫人はハンドバッグから腰ヒモを取り出してタスキをかけ、これも持参の花鋏で、三個の信楽の大壺に、五、六十本もあるホトトギスを活けこんだ。小指の先ほどの、紫に白い斑点のあるホトトギスは、信楽にしっくりと似合って、私は栄作の妻のセンスに脱帽した。そして、つきあいの浅い私のために、早朝の庭に出て、セッセとホトトギスを切り集めてくれた彼女の親切が心にしみた。

魴鮄《ほうぼう》の魚すきとアイスクリームが大好物だった佐藤氏の訃報のあと、寛子夫人は彼女の生涯で最も多忙でもっとも悲しい日々を送っているだろう、と、私も浮かない毎日をすごしていたが、葬儀が終って十日ほど経ったころ、寛子夫人から電話が入った。

「あんたの家のまわりに、なんか食べるもんは落ちとらんかね？」

「いったい、どうしたんですか？」

「主人が亡くなった明くる日からパタッと到来ものが無くなって、石けん一個も来んようになった」

「現金なものですね」

「現金なもんじゃ。それで今日はあんたにたのみがあってネ」

佐藤氏が亡くなっても、まだ十七人もの人たちが働いていて出銭も多く、キャッシュがなければ身うごきが出来ない。とりあえず、家にある諸道具を至急に処分したいが、自分には伝手《つて》がないので、買い手を紹介してほしい。それが私へのたのみだった。私は、京都で一番の美術骨董商の御主人に東京まで来てもらい、あまり嬉しい手伝いではないけれど佐藤家を駆けずりまわって、お金になりそうな品々を選びだした。が、残念なことに、これはという物品のほとんどに「佐藤栄作殿」と、ため書きがあったり彫りこまれていたりして売りものにはならなかった。ただひとつ、和ダンスほどの木箱に入ったままの国宝級の唐三彩の馬があったが、この三彩は佐藤氏の何十人かのお仲間から贈られた記念の品とかでお金に代えるわけにはいかず、「いつか、しかるべきときに、しかるべきところへ」ということで、馬は再び木箱の中に入った。

昭和六十三年。私たち夫婦は、台北の、唐三彩コレクションで有名な「歴史博物館」を訪ねた。会場をぐるりとまわった帰りがけ、私の眼に見覚えのある三彩の馬が飛びこんできた。私の背丈ほどもある見事な馬はガラスのケースに納められていて、置かれたカードには「日本、佐藤栄作贈」とあり、寛子夫人が台北を訪問したときに寄贈したものにちがいない。

「奥さん。しかるべきときに、しかるべきところに納まって、これで一件落着、よかったね」

と、私はニンマリした。

「ごきげんいかが?。私は息子のお手伝いで、今日も旅の空です。親子二代の選挙のために飛びまわってヘトヘト。全く、妻はツマらんです。　栄作の妻」

というハガキをもらったのが、寛子夫人とのお別れになった。

一生、爽やかに、闊達に、栄作の妻に徹し切った寛子サン。私の大好きな女性《ひと》だった。

五重塔と西部劇

半病人のフーラフラで、一日の大半はベッドの中にいる。といっても、これといった故障があるわけではなく、体力気力が衰えてなにをするのもメンドクサイだけだから、つまり「老衰」という自然現象であることは自分でもよくわかっている。

私の経験からいうと、ある日とつぜん「あぁ、そうだ、あれを片づけなくち

ゃ！……でも、明日でもいいか」と思ったとたんに老いがはじまる、ということではないかしら？　とおもっている。「明日でもいいか」はあさってでもいいか、になり、来週でもいいや、と、老いは日毎にひた走って一路「老衰」へと接近してゆく。明日でもいいか、は、他人にはわからない自分だけの老いのサインである。

それはともかくとして、ベッドにひっくり返っていてもグウグウ眠っているわけではないから、せめて脳ミソが溶けきらない内に、と、ひたすら読書にはげむことにしている。

生来、ケチで貧乏性のせいか、日々到着する週刊、月刊雑誌のすべてのページを繰ってみないと気がすまず、プラス、著者、出版社からの贈呈本もせっせとベッドサイドに積みあげるから、ベッドから這い出すのは、これも日に何度か鳴る宅配便のアニサンが押すインターホンのためと、食事の支度で台所へ立つ時間のみだから、身体はナマリ、足はナエ、と、ロクなことはない、と、これも自分でよくわかっている。

十年一日、相も変わらぬファッション、料理、化粧品とワンパターンの婦人雑誌、イジワル根性チラつきの週刊誌などにべったりとつきあっていると、さすがにげんなりして、ボケた頭がどんよりと重くなり、突如としてこれが限度、という状態になる。が、本喰い虫の病いには、やはり、ピリッと薬味のきいたおいしい本が特効薬と私は信じているから、そんなときにはただちに納戸へ直行する。

納戸の中には二方の壁面を利用した私専用の書棚があって、再読したい本、いつかは読みたいと買いこんだ本、とっておきの大切な本などがギッシリとひしめいている。

つい先頃も、二重に押しこんである棚の奥まで手をつっこんでかきまわし、とっておき本の一冊をひっぱり出して思わずニンマリした。幸田露伴の『五重塔』であった。

『五重塔』は、御存知露伴の名作で、一九二七年（私が三歳のとき）に岩波書店から文庫が発行されている。

私がなぜ『五重塔』を読んだのか？　というと、この作品は一九四四年に大映映画会社で、脚本川口松太郎、監督五所平之助、出演者は新派の花柳章太郎、森赫子、柳永二郎、大矢市次郎という豪華キャストで映画化されて、名作、傑作、とたいへんな評判だった。

当時、人気女優として多忙だった私は、見たい見たいとおもいながらも映画を見そびれたのが残念で、それならせめて原作だけでも……と、書店へ走ったのだった。

映画撮影の合間を縫って、あわただしく読み終えた『五重塔』の印象は、ただひとこと「ホンモノに出会えた」感激だった。十九歳の小娘だった私が、『五重塔』のどこをどうホンモノと感じ、感激したのか、なんせ五十年以上も前のことなのですっかり忘れてしまったけれど、とにかく『五重塔』は私にとって、とっておきの大切な本として書棚の奥に納まっていたのだった。

「心が躍る」という言葉があるけれど、現在七十七歳の私は、近来になく心を躍らせながらそろりと『五重塔』のページを開いた。冒頭は、

「木理《もくめ》美《うるわ》しき槻《けやき》胴《どう》、縁《ふち》にはわざと赤樫《あかがし》を用いたる岩畳《がんじょう》作《づく》りの長火鉢《ながひばち》に対《むか》いて話し敵《がたき》もなく唯一人《ただひとり》、少しは淋《さび》しそうに坐《すわ》り居る三十前後の女……」

という名調子で始っている。

ぜい肉がなく、胸のすくような小気味のいい語り口でさっさと展開されてゆくストーリーの面白さ、文章の見事さにひきこまれて、私は一気に読み終えた。そして、続けてもう一度読んだ。

二度めを読了したとき、私の頭の中にはどんよりならぬ、スッキリとした青空が広がっていた。

その青空の中に、風船玉のようにフワフワと頭を遊ばせていた私の前に、ふい、

と一人の男が現れた。外国人だ。つば広のカウボーイハットをかぶり、首にはバンダナ、腰に拳銃というおなじみのウエスタンスタイルである。

ドンパチ映画が苦手な私は、西部劇の熱心なファンではないけれど、それでも西部劇が全盛だった一時期には「駅馬車」「OK牧場の決闘」「シェーン」など五、六本の西部劇を見ている。

アメリカ映画のドル箱である西部劇が商いますものといえば、まずは筆頭に正義という大義名分、そして男の友情と意地と勇気、義理、人情、義侠心、加えて少々のお色気という品揃えになっていて、これらの材料が手をかえ品をかえ、目先きの変わった料理に仕立てられてスクリーンに登場する、という寸法になっている。

西部劇のテンポの早さは男性の好みに合うし、見応えのある山場、クライマックスも周到に用意されている。劇中にくりひろげられるストーリーは、ほとんどが他愛のないワンパターンだが、それを絵空ごとと承知の上で西部劇に吸いよせられる大ぜいの男性ファンには、女性観客にはわからない「お楽しみ」があるのではないかしら？　と、私はおもっている。

西部劇に登場する人物は、それぞれに強烈な個性を持つ男たちである。そして、美男であるなしに関係なく、全員揃ってカッコがいい。男性観客は、よりどりみどりの彼たちの中から、おめあてを一人にしぼり、その彼に自分を重ねて、ひそやかな夢に酔う……西部劇を楽しむ男性たちの眼が、少年のように輝いているのを見るたびに、私はチラ、とそんな想像をしたものだった。

西部劇に欠かすことのできない男優、といえば誰もが「ジョン・ウエイン」という名前をあげるだろう。青年のころ、二流映画のバイプレイヤーとして画面の隅っこにいたジョン・ウエインを拾いあげて、名作となった「駅馬車」の主役に抜擢したのは演出家のジョン・フォードである。「駅馬車」の大成功によって、ジョン・ウエインは一躍有名スターとなり、数々の西部劇で活躍、アメリカンヒーローとまで呼ばれて、晩年には日本でいえば人間国宝にあたる議会功労章《コングレッシヨン・メダル》を受けている。

ジョン・ウエインの芸風は、男っぽく、サラリ颯爽としてイヤ味がない。私生活の彼もまた、気取りがなく、誰にでも好かれる人柄だった、という。

さて、『五重塔』がとつじょとして西部劇に引越したので「え？」と首をかしげる読者もおいでかもしれないが、私にとってはヘンでもふしぎでもない。なぜか、といえば、西部劇の内容のすべてが『五重塔』に入っているし、『五重塔』のすべてが西部劇そのもの、そして共に「男の世界」という共通点があるからだ。

西部劇の背景は、緑の木陰すらない殺風景で荒涼たるロケーションである。宿場にはボロっちいホテルが並び、ヤバっちい酒場には荒くれ男たちがとぐろを巻いてカモを待っている。

『五重塔』にはそれらのものはないけれど、谷中、感応寺境内に建立《こんりゅう》される五重塔の普請現場には、汗と埃にまみれた鳶人足や大工、職人たちが入り乱れ、ひとつ間違えば彼らの間に殺気も走る。そこかしこに散らばっている斧《よき》、釿《ちような》、才槌《さいづち》、楔《くさび》、鑿《のみ》、などの大工道具が一瞬にして凶器に変わるのも珍らしいことではない。

血の気の多い、荒馬のような男たちを、独自の才覚でとりしきり、団子にまとめて落成式までひっぱってゆくのは親方と呼ばれる「総棟梁」の役目だが、よほどの人物でなければ容易に出来る仕事ではない。

谷中感応寺を見事に仕上げたのは、番匠川越の源太という棟梁で、感応寺の完成に引きつづき、境内に建立される五重塔の普請を請負ったのもまた源太である。


「……すっきり端然《しゃん》と構えたる風姿《ようだい》と云い面貌《きりよう》といい水際立ったる男振り、万人が万人とも好かずには居られまじき天晴《あっぱれ》小気味のよき好漢《おとこ》なり……」


西部劇なら、ジョン・ウエインの役どころである。

源太は、建築用の諸材料集めから人集め、設計の見取図、見積書、と、すべての手筈を整えて、あとは着工の日を待つばかりとなった。そこへ、のっそりと一人の男が登場する。源太の手下の一人ではあるが、偏屈、強情な上に鈍重で、仲間内でもハナつまみ、誰からも十兵衛という名前より「のっそり」というあだ名で呼び捨てにされている貧乏くさい渡り者の大工である。

「紺《こん》とはいえど汗に褪《さ》め風に化《かわ》りて異《い》な色になりし上、幾度《いくたび》か洗い濯《すす》がれたるため其《それ》としも見えず、襟の記印《しるし》の字さえ朧気《おぼろげ》となりし絆纏《はんてん》を着て、補綴《つぎ》のあたりし古股引《ふるももひき》を穿きたる男の、髪は塵埃《ほこり》に塗《まみ》れて白《しら》け、面《おもて》は日に焼けて品格《ひん》なき風采《ようす》の猶更品格《なおさらひん》なきが……」

と、いかにもみすぼらしい。

十兵衛は、女房と幼ない息子と三人で乞食小屋のような家に住んでいる。みすぼらしくてもノロマでも、仕事の手腕《うで》は棟梁の源太からみてもまんざら捨てたものではないから、面倒みのいい源太はなにくれとなく一家に情をかけてやり、十兵衛もまた源太に深い恩義を感じている。

ところが、感応寺の境内に五重塔が建立される、という噂を小耳にはさんだとたんに、十兵衛の胸底から、さざ波どころか竜巻きのようなおもいがむくむくと立ちのぼってきたのだ。社寺建築の大工として、長年働いてはいても、五重塔を作るなどという機会は一生に一度あるかないかである。今度という今度は文字通りの一世一代、とり逃がしたら最後、いつまた、という当てがあるわけではない。

「俺のこの手で五重塔を作りたい。命をかけても作りたい」

十兵衛はなにものかに憑かれたように気もそぞろとなり、仕事を終えて家に戻れば行燈《あんどん》の前に居座って五十分の一の五重塔の雛形作りにのめりこみ、女房子供も眼中に入らぬほど思いつめたようである。

聞けば、五重塔の総棟梁は川越の源太親方とか。大恩のある親方のむこうを張って弓をひく気など毛頭ないし、日頃「マヌケ野郎」「のっそり奴」と、十兵衛を小馬鹿にしている朋輩たちを見返してくれようという気もさらさらない。

五重塔を作りたい、という、狂気に近い十兵衛のおもいは、ついに、前後の見さかいもなく、棟梁の源太を頭ごしに飛び越えて、感応寺に走りこみ、朗円上人《しょうにん》の膝にすがりつくことになる。

「……させて、させてください。この私に五重塔を作らせてください……」

この突拍子もない十兵衛の言動は、人の口から口へと広がって、てんやわんやの大さわぎとなってゆく。

新しく登場した、生き仏の如き上人と、江戸ッ子の心意気が鉢巻きをしたような源太と、寝不足のロバのような十兵衛。この三人がかもしだす、おかしくて悲しく、哀れでこっけいな絶妙な会話は読者の心のひだに沁みわたって、涙が出るほど感動的である。

が、最高に感動的な場面は、めでたく建立されて落成式をひかえた五重塔が、天地をゆるがすような大暴風雨の中で、ギシギシ、ユラリと揺れ動く迫力のあるクライマックスである。激しい風雨に吹き飛ばされそうになりながら塔の最上階に登り、塔が倒れるなら「我が命をも塔と共に……」と、六分鑿を懐に、欄干にしがみついている十兵衛の壮絶な姿が目に浮かぶようである。

打てば響くような川越の源太をジョン・ウエインが演ずるならば、のっそり十兵衛はどうあっても、去る六月（二〇〇一年）に死去した名優アンソニー・クインをおいては他にない、と私はおもう。

アンソニー・クインは、メキシコで生まれ、ロスアンゼルスに移住。特異な風貌と個性的な演技で二度のアカデミー賞に輝いた名優である。中でも「道（ラ・ストラダ）」の、粗野の内にも哀感のある大道芸人の見事な演技を記憶している映画ファンが読者の中にもおいでになるかもしれない。

賞といえば、考証、史伝の他に、小説、随筆家でもあり、『五重塔』を執筆した幸田露伴は、それらの功績によって第一回文化勲章を受けている。

私は『五重塔』と西部劇の間をいったりきたりしたけれど、慶応三年生まれの文豪露伴は当然、西部劇のセの字も御存知なかっただろう。『五重塔』は、日本の作家が、当時の日本の男たちのすべてを描きつくした、唯一、不朽の名作だと、私はおもっている。

それにしても、

「露伴先生。いいお仕事をなさいましたね」

以上、コマーシャルは高峰秀子サンでした。

ペテルスブルク
郊外

美智子さまへのファンレター

一年ほど前、月刊「文藝春秋」の誌上座談会に誘われた。

出席者は、出久根達郎氏、川本三郎氏、と私の三人。

テーマは「20世紀の美女ベスト50」を選ぶだった。一見、楽しげに、お祭り気分でスイスイと決まりそうにおもえるけれど、さて「そう簡単にゆくものかしら?」と、私は小首をかしげた。

作家、評論家などという職業を持つ人物は、当然のことながら個性の強い一匹狼で、つまりガンコである。加えて、元女優、苔の生えた古狸の如き私。これがまた異常に好き嫌いのはげしい変人ときているから、俎上にあがる美女たちにとってはとんだ災難というところかもしれない。

ふつう「美女」というと、テレビ、映画、舞台に登場する女優サンたちのイメージが浮かぶ。が、この場合20世紀の、とあるように女優なら日本人以外も含まれるし、発想はあくまで自由で幅が広い。読者のアンケートをみても「ダイアナ妃」「曾野綾子」という名前が上っているのが興味深かった。

座談会は、和気あいあいと、まずは女優サンの登場からはじまった。

「日本の男が好きな女性は、竹久夢二の絵に出てくるようなはかなげなタイプだと思うんですけど、こういう女優さんも今や絶滅寸前ですね。（中略）実は、私もこういうタイプに弱いんです」（川本）

「私はどちらかというと男っぽい女性が好きなんですよ。たとえば、イタリア映画『ひまわり』に主演した口の大きいソフィア・ローレンやキャサリン・ヘップバーンなんていいですね。（中略）男勝りで色気を前面に押し出さなくて、

それでいて内面から色気の滲み出る女性」（出久根）

と、思った通り、お二方とも好みのタイプをしっかりとお持ちであった。そして私の好みの女優サンはイングリッド・バーグマンと、キャサリン・ヘップバーンというところだろうか……けれども私の心の中には、ベスト・ワンはこの人の他にはあり得ないと思いこんでいる女性が既に用意されていた。

その女性は、品格があって聡明で、最後の大和撫子ともいえるお方、現在の皇后陛下、美智子さまである。もちろん美女（というより、私は美人と言いたい）であることは誰もが納得するところだろう。

長期間、女優という職業についていたせいか、美智子さまが皇太子妃でおられたころには、ときたまお目にかかる機会があった。以降は、私の眼でかいまみた素顔の美智子さまの思い出を綴らせていただきたい。

昭和三十四年の春、美智子さまと明仁皇太子さまの御婚儀が行われた。民間からの初の御輿入れとあって、御婚約以来、日本国中がその噂で沸きかえっていたのを、いまでも記憶している人も多いだろう。御婚儀の前後、私は仕事がらみの外国旅行中でアメリカにいた。ずいぶんと以前のことなので、ニューヨークだったかサンフランシスコだったか忘れてしまったが、日本のテレビ局から電話が入って、徳川夢声老と私に「御成婚のパレードの実況放送を頼みたく、大至急帰国してほしい」と、矢の催促である。

日本国にテレビジョンが出現したのは昭和二十八年で（もちろん白黒テレビ）まだ日が浅く、電気紙芝居などといわれながらもテレビの人気は猛烈で、家電製品を商う店先きに据えられたテレビの前にはいつも人々が集って目をこらしていたものだった。

私が日本へ戻ったのは、パレードが行われる前日だった。ロクに睡眠をとる時間もなく、翌、早朝に飛び起きた私は、はれぼったい眼をこすりながら一ツ紋の和服の着付けをすませた。

実況放送をする場所は、なぜかテレビ局ではなく、銀座四丁目の角にあった三愛ビルの最上階の一室だった。広いガランドウの部屋に二つのアームチェアが並び、その一つには、これも寝ぼけまなこの徳川夢声老がはまり込んでいた。眼の前に、モニター、テレビ、その他の機材がごちゃごちゃと置かれ、テレビの画面にはまだひっそりと静かな二重橋が映し出されている。実況放送なので、打ち合せも台本もない。テレビの画面をみながら印象や感想を語るのみで結構とのことであった。……実況放送のテンマツをくどくどと書いたところでなんということもないけれど、やはり印象に残ったのは美智子さまの美しいお姿だった。黒髪にティアラをいただき、純白のローブデコルテに身を包み、落ちついた笑顔で、道路わきで小旗を振る人々に応える優雅さは、真珠のように美しく、私はただ呆然とみとれるばかり、夢声老はさぞ頼りないパートナーですなァ、とガックリきたにちがいない。

皇太子妃になられた美智子さまに、私がはじめてお目にかかったのは、御結婚から二年経った昭和三十六年だった。

東宝映画製作の「名もなく貧しく美しく」は、聴覚障害の夫婦が靴みがきで生計を立てながら社会の片隅でつつましく、ひっそりと生きてゆく日常を画いた作品で、夫、松山善三脚本演出の第一回作品だった。その映画を、皇太子殿下、美智子妃をはじめ、皇族がたがごらんになることになって、松山他、何人かの製作スタッフが劇場の正面玄関に並んでお二人をお迎えした。淡いベイジュの軽やかなワンピースをお召しになった美智子さまは、出迎えの一人一人に軽く会釈をなさった。ふっくらとしておられた頰が幾分ひきしまり、柔らかな笑顔がさらに美しかった。劇場の、二階正面の前列に皇太子殿下と美智子妃がお並びになり、その左右に私たち夫婦、そして何人かの皇族がた。二列めには女官、侍従などの皇室関係者、三列めからうしろは、びっしりと警護の私服で埋まっている。ロビーへの各扉の前にも私服がみえる。映画一本ごらんになるにもこのさわぎでは「さぞ御窮屈なことだろう」と、私は思った。

翌年、昭和三十七年には「山河あり」（松竹映画）をごらんになった。「山河あり」は、官約移民としてハワイに渡った日本人夫婦の三代に亘るストーリーで、皇太子殿下も美智子妃も身を乗り出すようにして画面をみつめておられたのをよく覚えている。三本めは、聴覚障害の幼ない息子と共に懸命に生きてゆく夫婦の姿を画いた「泣きながら笑う日」（松竹映画）。そして、四本めは、両腕のないサリドマイド児として生まれた娘さんの、素晴らしい才能と生命力への讃歌を描いた「典子は、今」（東宝映画）であった。私は「典子は、今」に出演してはいなかったけれど、主役になる典子さんの演技指導、兼、つき人、製作スタッフの一人として参加している。

辻典子さんは十九歳。お母さんと二人で熊本の小さなアパートに住み、熊本市役所の福祉課に勤務していた。両腕は肩から無い。が、彼女は柔軟に動く二本の足を使って、ほとんどの作業をこなして日常生活を送っている。典子さんの一日は、朝起きて足先きでベッドの乱れをなおし、洗面所で歯をみがき、洗面をすることからはじまる。朝食の箸を足指にはさみ、なんの不自由もなく食事ができる。髪に櫛を入れ、口紅をつけ、電話をかけ、ソロバンをはじき、ミシンもかけるし、人参やじゃがいもの皮をむいてカレーライスを作ることも出来る。書道は見事だし、マンドリンも弾けるし、もっとビックリすることは二本の足だけで水泳もできるのだ。……けれど彼女はズブの素人、当然のことながらカメラの前に立って台詞《せりふ》を言ったことなどない。色白の丸顔で、笑顔は愛らしいが、音声は小さく、言葉は不明瞭だ。私は演技より、まず発声の練習からはじめることに決めた。これほどのことができる彼女なら相当な特訓にも耐えられるだろう、という目算があったからである。案の定、彼女は撮影中、一度も弱音を吐かず、喰らいつくようにして私に従ってくれた。世話役の私のほうが疲れ果てて、途中でギヴアップしそうになったけれど、Tシャツとジーパンで汗みずくになりながらの、あの撮影の日々は結構楽しかった。

皇太子殿下、美智子妃が四本の映画をごらんになってから何ヶ月かの後、宮内庁の、皇太子さまの侍従と名乗る方から、わが家へ電話が入った。「お夕食後、一時間ほどお遊びにいらっしゃいませんか？　とのことです。御都合のよい日をお知らせください。こちらは皇太子、美智子妃のお二人でございます」というのがその用件だった。お遊びに、といったって、赤坂東宮御所など表を通ったことしかないし、第一どんなお話をしてよいのかも皆目わからない。が、そんなことはお断りする理由にはならないし、あの爽やかなお二人にお目にかかれるということは魅力でもある。侍従さん（？）との打ち合せの後日、私たちは早めに夕食をすませ、松山は背広にネクタイ、私は軽いスーツというスタイルで御所に向った。門前の守衛さんの挙手の礼を受け、鬱蒼とした木立の間を、わが家の運転手君はいささか緊張気味でゆっくりと玄関前に車を停めた。約束の時刻は七時であった。玄関のドアが音もなく開き、年のころは五十歳前後だろうか、背広姿の男性が「侍従長でございます」と頭を下げた。「御案内いたします」という言葉に従って、私たちはその後を追った。長い廊下を三人は黙々と進んだ、とおもったとたんに廊下は右に曲った、とおもったとたんに今度は左に曲り、次ぎにはゆるい階段を三段ほど上ったところに五坪ほどの部屋があった。黒いピアノが据えられ、カバーの掛かったチェロがあり、音楽室ということなのだろうか？……。音楽室を突っきったところにまた階段があって、それを降り、またもや、右だったか左だったかも忘れてしまったが、何度か廊下を曲って、ようやくクリーム色のドアの前で停止した。この迷路のようなややこしさは、故意に設計されたものだろう、と、私は思った。それにしても、人影は全く無く、物音ひとつせず、薄暗い電灯の中の道中は、あんまりユカイではなかった。

侍従長がドアを開け、私たちは十坪ほどの部屋に案内された。簡素なティテーブルにはテーブルクロスも灰皿もなく、壁には一枚の絵もなく、カーペットも薄い。テーブルをはさんで布張りの長椅子と二脚のアームチェアがあるのみで、なんとも殺風景な一室だった。私たちは長椅子に並んで腰をおろした。侍従長がドアに向かったのと入れちがうようにして、スイ！　という感じで皇太子さまと美智子さまが入ってこられた。

皇太子さまはノーネクタイにグレイの背広、お手には折りたたんだ地図を持たれている。美智子さまはシンプルなワンピース姿で、アクセサリーは全くつけておられなかった。アームチェアに腰をおろされた皇太子さまは、早速にテーブル一杯に世界地図を広げられた。

「松山さんはお仕事柄、あちこちの国を御存知でしょう。私たちは明朝出発して、この国とここ、そして、ここへも行きます。どんなことでも、御意見があったら教えてください」

皇太子さまの人差し指が地図のあちこちを走りまわり、六つの眼がその指さきを追いかけて、部屋の中が一瞬にして和やかな雰囲気に変わった。

音もなくドアが開き、二人の男性が現れた。白いダブルの上衣に白い手袋をつけた、給仕人だろうか、お盆に乗せた煎茶茶碗をめいめいの前に置き、目礼をして消えた。十五分ほどしてお茶碗が下げられた、とおもったら、また白手袋が、今度は黒塗りのめいめい盆を捧げ持ってきて四人の前に並べはじめた。お盆の上には白木の折敷《おしき》が乗っていて、ぎんなん、鴨ロース、二個の小鯛ずし、その他のチマチマとした御馳走が色どりよく盛られている。私たち二人は思わず顔を見合せた。たしか、御夕食のあとで、という約束ではなかったかしら？……そこへまたまた白手袋が黒塗りの吸物椀を運びこんできた。そのお椀が置かれたとたんに、皇太子さまの指がスッとお箸をとりあげ、お椀のふたが除かれて、クイーッとおすましをお吸いになった。美智子さまもそれにならって、折敷の上の御馳走がみるみる片づいてゆく。相当なスピードである。私たちはあわてて利休箸をとり上げた。このさい「夕食はすませて参りましたので……」などと申しあげるのは、それこそヤボというものだろう。とにかく、せっせ、せっせと折敷の上の御馳走を、味わう余裕もなく口の中へ押しこんだ。デザートは果物と紅茶で、さすがに手が出ず、私はチラと腕時計に目をやった。お約束の一時間がとうに過ぎていた。

が、皇太子さまはすっかりリラックスされた御様子でお話が途切れない。各国の話題、映画の製作過程など……。皇太子さまはユーモアのセンスも抜群で、会話にジョークも交り、その都度笑い声が起こる。美智子さまもよくお笑いになった。「ワハハハ」とバンザイをなさったり、二本の足が宙に浮いてしまったり、で、お笑いになること自体を楽しんでおられるようで、そこにはなんの屈託もない、明朗な素顔の美智子さまがおられた。夕食のハシゴをして、ずっしりと重くなった胃袋を抱えて私たちが帰途についたのは、九時半をまわっていた。夕食後の夕食、そして一時間半もの時間のオーバー、と、おもえばふしぎな夜だった。

美智子さまは、お子さまがたのお弁当を御自分でお作りになったそうだが、お弁当といえば、ある日、三人のお子さまとお車に乗っていらしたとき、とつぜん車をお停めになってほかほか弁当を四個お買い求めになり、お子さまにお与えになって、御自身も召上ったことがあったそうである。そのことはただちに宮内庁に知れて「そういうことをなさっては困ります。以後、お慎みくださるように」ときびしく注意され、美智子さまは「みなさんが召上っているものを、なぜ私たちが食べてはいけないのですか」と、キッパリと仰言《おっしゃ》ったそうである。宮内庁側にもそれなりの言い分、理由はあったのだろうけれど、美智子さまにとってみれば、お子さまがたにそうした経験をおさせになるのもまた、教育のひとつだとお考えになったのかも知れないし、お手作りのお弁当の参考に、というお考えもあったのだろう、と、私はおもう。

美智子さまのお言葉への反応は宮内庁からは無かったようだが、私はそうした美智子さまの毅然とした姿勢に大きな拍手をおくりたい、とおもう。

赤坂東宮御所でおめにかかってから、また何年か経ったある夏の日、私は軽井沢へ行くために東京駅から列車に乗った。ちょうど乗りあわせた佐藤栄作夫人の寛子さんとお喋りをしながら、ふっと窓外のホームを見ると、駅長や私服がせわしくいったりきたりして何やらさわがしい。やがてホームが静かになって、皇太子さまが列車にそって歩いてこられ、続いて美智子さまのお顔が見えた。美智子さまの視線がチラリと動いたようだったが、うしろに続くSPたちに遮《さえぎ》られて、すぐにお姿が消えた。発車して、三十分ほどもたったころだったろうか、二つに折られたメモ用紙を手にした、背広姿の中年の男性がつかつかと私に歩み寄り、メモ用紙を私に手渡すと一礼して戻っていった。メモ用紙には「おそばに伺ってお話をしたいと思いますが、そうもいきませんので。美智子」とあった。ペン書きの、美しい文字だった。私は、そのお心遣いに感謝しながらも、相変わらず御窮屈な御日常なのだな、と、小さな溜め息をついた。

Xさんという女性がいた。勤務中に転んで足を骨折し、そのまま引退して、いまは亡き人になってしまったが、彼女は何十年もの間皇太后陛下にぴったりと寄りそってお世話をしていた女官で、その一生を皇太后陛下に捧げたような女性であった。皇室関係に勤務する人々は、皇室内の事柄をほとんど口にせず、つまり口が固い。Xさんもまたもの静かで口数の少ないひとだったけれど、老齢になって気がゆるんだせいか、あるとき独り言めいた口調でこんなことを言ったことがあった。

昭和天皇と皇后陛下の、国内、国外への御旅のとき、御親族は可能な限り、お見送りとお出迎えをするのが習慣になっていた。そんなとき、皇后陛下は、何人かの御親族にお言葉をおかけになったり短い会話をお交しになったりした。が、Xさんの知る限り、美智子妃にだけは、ただの一度もお言葉をかけたことがなかった。お眼の前にズラリと御親族が並んでいられても、皇后陛下は、美智子妃の前だけは素通りか、またはお目に入らない風をよそおってでも無視を通された、という。Xさんは、その都度、美智子妃の御心中を察して「お気の毒で、目のやり場に困りました」とのことだった。皇后陛下とXさんの会話の中に美智子妃という名が出れば「あのひとは外からきたお人だから」という一言で片づけられてしまったそうである。私は、Xさんの話を聞きながら、美智子さまならぬ私の心の中にメラメラと青白い炎が燃えるようなおもいがしながら、ふっと、あることを思い出した。

何年か前、美智子さまがお声を失ったことがあった。医師の診断では、過労がその原因だろう、とのことで、新聞によると二ヶ月ほどでお声が戻り、その後テレビのニュースで、どこかの施設で子供たちに小さく細いお声でお話をなさっていられたのを私も見て、かげながら一安心したことがあった。

ある日突然に声が出なくなる、というのはそんなに珍らしいことではない。原因はストレスや過労が主で、喉を酷使する歌手がとつぜん声を失ったケースを、私も二、三人は知っているし、私自身にも経験がある。私の場合は、司馬遼太郎御夫妻、桑原武夫御夫妻らと中国へ旅行をしたとき、かなりのハードスケジュールに無理をしておつきあいをしていたら、ある朝からピタリと声が出なくなってしまった。原因は極度の疲労。五日間のダンマリの末、とつじょとして六日めの朝に口から言葉が飛び出して自分でもビックリした。

美智子さまの場合は、日々ギッシリとつまった行事や賓客への御接待で緊張の連続、お洋服のかり縫いの時間すら真夜中にしかとれないというのだから、過労の上にストレスも溜りに溜り、よく今日までお倒れにならなかったものだと、その強靭な精神力に圧倒される。御結婚以来、美智子さまは御自分の意志で、タイトな環境の中にたびたび爽やかな風をお入れになってこられた。そして、そんなときの美智子さまはいつも輝いてみえた。立派なお方だとおもう。が、美智子さまは鉄やステンレスで出来ているわけではないし、体力にも限界というものがある。御年齢も六十代の半ばをこえられた。これからはほんの少しずつでも御自分のための時間を捻出なさって、御自分に休息をお与えになり、いたわり、いとしみ、大切にされるよう心がけていただきたい、というのが私の願いである。

「20世紀の美女ベスト50」を選ぶ最後は、

「どうやら、われわれの一番は皇后陛下（美智子さま）で決まりのようですね」（高峰）

で終っている。

呼び名

「チャン」

私が母親のおなかからスルリと飛び出した場所は、北海道の函館だった。

長兄の実はそのときのことをよく覚えていて「秀チャンは庭の桜の木の下で産湯を使ったんだよ」と言ったけれど、北海道の三月はまだ寒く、桜の花など咲いているはずがないから、その記憶は大いにあやしく、私は信じていない。

私は三人の男の子のあとに生まれた、はじめての女の子だったからめちゃめちゃに可愛がられて、秀子と名づけられたが、なぜか秀子は省略されて、秀子チャンの「チャン」と呼ばれていた。生家は函館一のソバ屋料亭だったが、他にも劇場やカフェなども経営していて、幼児のころの写真を見ると、めいっぱいに上等な着物を着せられていて、家中のペット的存在だったらしい。

「秀坊」

私が四歳のとき、実母が肺結核で死亡。私は父の妹である叔母の養女になって、ゴムの乳首をくわえて上京、当時養母が住んでいた鶯谷の小さな家に落ちついた。が、それも束の間、ひょんなことから映画界に入り、というより入れられて、子役として映画に出演するようになった。

五歳のガキなのに、どうしたわけか爆発的な人気ものになって、ブロマイドが飛ぶように売れ、女の子役だけでなく男の子役も演《や》らされるようになった。坊ちゃん刈りにスカートはヘンなので、ショートパンツに鳥打帽という姿で撮影所通いをしていたから、私の呼び名は秀子チャンより「秀坊」と呼ばれるほうが多くなった。

女と男のかけもちは、私が九歳になったとき終った。それは何故か？　というと、おしりがだんだん丸くなり、オッパイがふくらんできたからだった。それでも時代劇で着物を着せればゴマ化せる、というので、当時、時代劇を専門に製作していた京都の松竹撮影所まで出向いて、長谷川一夫さんの相手役をつとめた。

長谷川さんとのおつきあいはその後もエンエンと続き、最初は長谷川さんの子供役、次ぎが恋人役、次ぎが奥さん役だったが、さすがに母親役は演ったことがない。これらのスティルを並べてみると、なにやらこっけいだし、少々感傷的な気分になる。

「デコちゃん」

　昭和十一年。それまで「ＰＣＬ」という小さな現像所だった会社が、東宝映画と名をあらため〝明るく楽しい東宝映画〟というキャッチフレーズをかかげて、大々的に映画製作にのりだした。

　大金持ちの御曹子のような東宝は、その財力と強引さを駆使して、他の映画会社の専属俳優だった山田五十鈴、長谷川一夫、入江たか子、高田稔などを引き抜き、当時、松竹映画に籍を置いていた私にも誘いの手がのびた。

　私は、五歳からお世話になった松竹をはなれることに気乗りがしなかったけれど、松竹で妹のように慈しんでくれた田中絹代センセに相談して「私は淋しくなるけど、秀子ちゃんの将来を考えると、東宝のほうが……」と涙ぐまれ、私もべそをかきながら東宝入社を決めた。

東宝での第一回作品は、吉屋信子原作の「良人の貞操」。演出は山本嘉次郎監督で、スタッフから「山さん、山さん」と親しまれているのを見て、私は子供心にもなんとなく東宝の気風というものに触れた感じがした。

山さんは早速、私に「デコ」というニックネームをつけた。ヒデコのヒぬきでも、おでこという意味でもなく、浄瑠璃劇の木偶《でく》人形（でこともいう）みたいだから、と説明してくれた。以来、私は誰からも「デコ」または「デコちゃん」と呼ばれ、オールドファンや、昔からの知りあいの間ではいまだに「デコちゃん」で通っている。

デコ人形だった私は、成長とともに少しずつ人間らしく変形し、少女役から娘役にとスライドしていった。この辺から私は高峰秀子という虚像をしらけた眼で眺めるようになったが、虚像のほうは勝手に一人歩きをはじめて、人気というおみこしから降りることが出来ない。

私の知らない内に、ファンクラブが出来、銀座にオフィスが出来、「DEKO」という月刊雑誌が発行された。ステージママのはしりだった養母は欲のかたまりと化し、私の出演料目当ての親戚縁者が群がってきて、虚像は単なる金銭製造機になり果てた。

「もはや限度だ！」そう思った私は、虚像をおみこしから引きずりおろし、すべてのしがらみを振り切って本来の自分を取り戻そうと、長期の海外逃亡を企てた。行くさきは、日本以外ならどこでもよかったが、諸事情の結果、フランスのパリとなった。

「ディアモン・ノワール」

身も心もグダグダに疲れてたどりついたパリでの落ちつきさきは、カルチェラタンの、ソルボンヌ大学に近い一郭にある質素な下宿だった。若い娘のホテル住いはヤバイから、という理由で、フランス文学者の渡辺一夫先生が学生時代をすごしたという下宿の一室を紹介してくれた。ソルボンヌ大学教授だった御主人は既に亡く、図書館につとめている未亡人とそのお母さんの、女二人が下宿の主人だった。部屋には、ロクに陽もさしこまない窓がひとつ、ベッドと洋服ダンスと洗面台、そして小さな勉強机があるだけだったけれど、もともと日本ビイキだったらしく、洗面台の上に日本手拭がピンでとめられ、壁にかけられた古い舞扇だけが装飾といえば言えた。

はじめての女の留学生（だと思っていたらしい）を迎えたマダムとママンは、フランス語のフの字も知らない私を、ナメるが如く可愛がり、大切にしてくれた。

朝八時になると、年老いたママンが、コーヒー、クロワサン、果物が乗ったお盆を、「ボンジュール！　ビヤンドルミ？」と、私のベッドまで運んでくれ、夕食は女三人が食堂のテーブルを囲んで質素な食事を摂った。

フランス人はＨの発音ができない。ＨＩＤＥＫＯはどうしてもイデコになってしまうので、日ならずして私は「ディアモン・ノワール」と呼ばれるようになった。たぶん、黒い瞳が珍らしかったから、だろうけれど、それにしても黒いダイヤモンドとはオーバーである。

ディアモン・ノワール！　と、ほっぺたにキスをされるたびに、私はなにやらこそばゆくて、「テヘヘ」と笑いたくなるのをじっとがまんしていた。

マダムは、オカッパ頭の私をよほど若くみたのか、動物園へ連れてゆかれたのにはビックリ。オペラ座や美術館にも誘ってくれて、ディアモン・ノワールはこの下宿で七ヶ月をすごした。

「おねぇ」

パリから帰国した私は、また映画界に戻って、映画出演を続けた。ある日、どこかの雑誌社にたのまれて、東京宝塚劇場に出演中の男役、越路吹雪と対談をした。私は、その日はじめて彼女のマチネーのステージを観て、その歌の上手さにおどろいた。メークアップを落として駆けつけてきた彼女と、どんな話をしたのかは全く忘れてしまったけれど、対談が終った帰りがけ、料亭の玄関までの廊下の途中で、私はうしろから歩いてくる越路吹雪を見迎えて、大それたことをズバリと言った。

「あなたは、これ以上、宝塚にいる人ではないと思います。外の世界に飛び出したらどうですか？」

「そんなお話も、ないことはないんだけど、私、なんとなく怖くて」

「じゃ、バアサンになるまでカウボーイハットをかぶって、二丁拳銃ふりまわして歌うつもり？」

「いえ、いつかは独立したい、とは思っているんだけど」

「思ってたら、早いとこやったらどうですか？」

「考えてみます」

「考えている内にバアサンになっちゃうわよ」

「ははは」

「へへへ」

　二人は笑い合ってサヨナラをした。

　それから間もない昭和二十六年、帝劇で上演された「モルガンお雪」に出演した越路吹雪は、歌が上手くて、瑞々《みずみず》しくて、共演の古川ロッパも森繁久彌もブッ飛んでしまうほどに素晴しく、私は心の中で「やったね、コーちゃん」と叫びながら、手が痛くなるほど拍手をした。当時の彼女は東宝映画にも出演していたから、ときたま撮影所のメークアップルームで出会うこともあった。が、そんなとき彼女は私に「おねぇ」と呼びかけた。

なんてったって、芸能界では大先輩なんだから「おねぇ」と呼ぶのは当り前じゃないの、と彼女は言った。そして、夜半に突然、電話をかけてくることもあった。

「もしもし……」

「ハイ」

「私、コーちゃん。河野（彼女の本名は河野美保子である）」

「なによ今頃、何時だとおもってるのサ」

「いまから行くから泊めてくれェ。表の門、あけといて。タクシーで行くから十五分で着くよ」

寝巻きと歯ブラシを紙袋に入れて現れたコーちゃんは、私のとっておきのブランデーをゴクゴクと飲んで、ダブルベッドに大の字になってひっくり返る。

「おねぇ、貯金ある？」

「ない」

「私もないんだ。貯金って、どうすればできるんだろ」

「できるわけがないでしょ、コーちゃんは金遣いが荒くって、手当り次第にツケで買いこんじゃってサ。マネージャーの岩谷時子さんが借金を払いに飛びまわってヒイヒイ言ってるじゃないの」

「そうだねぇ、やっぱり貯金はムリか……」

コーちゃんはガバガバと睡眠薬を口に放りこんでコトン！　と寝てしまう。寝入りばなを起こされて、寝そびれた私は、天井をにらんで眼をむくばかりだった。

早朝、私の寝室からねぼけまなこの越路吹雪がのっそりと現れて、うちのお手伝いさんがギャッと腰を抜かしたこともあった。表向きは「スタア」だの「シャンソンの女王」とか言われても、当時の二人は揃って独身で、空虚で、孤独だった。
私を「おねぇ」と呼んだ人は、コーちゃんだけではなく、雪村いづみ、中村メイコ、江利チエミの諸嬢も「おねぇ」、または「おねぇま」と、私になついてくれたのが、いまでは懐かしい思い出になっている。

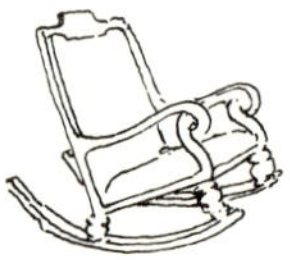

「先輩」

数多くの映画で共演をした男優さんは、それこそ数えきれないほどに大勢だったが、三船敏郎、池部良、宝田明、の諸氏は、私を「先輩」と呼んだ。年は若くても私はなんせ五歳からの撮影所育ちだから、彼らよりは歴史が長く、先輩であることは事実である。が、朝九時に撮影現場へ行くと、三船さんが「先輩、お早うッス！」と椅子を持ってきてくれたり、池部の良ちゃんに「先輩、ハイ、お茶をどうぞ」などと言われると、自分がとつぜんコケの生えた古狸のように思えてきて、ラヴシーンのときはチラッと演りにくかった。

「麻布の奥さん」

昭和三十年。私は、当時木下恵介監督の助手だった松山善三と結婚した。

私は少女の頃から「つき人《びと》」と呼ばれる女性と行動を共にしていたけれど、彼女らはいつも我が家のお手伝いの一人であって、いわゆるとりまきやファンであったことはない。私が結婚をしてからは、お手伝いは撮影所へいってても自宅にいるのと同じに私を奥さんと呼んでいたから、私はいつの間にか皆からも「麻布の奥さん」と呼ばれるようになって、助監督サンまでが「麻布の奥さん、お待たせしました。ステージへお入りください」などと言うようになり、私は「ハイ」と、奥さん面《づら》をしてステージに急いだものだった。

「秀さん」

「麻布の奥さん」の旦那さんは、松山善三という脚本家で、彼とのつきあいは四十五年の長きに亘る。婚約発表の席上で「たとえ荷車を引いても彼女をしあわせにします」と、大見得を切ったのが運のつき。働きに働き、二年ごとにジャガーを新車に買いかえて、奥さんを乗せてカッコよがっている。

「地下鉄は階段が多いから、絶対に乗ってはならない。(足でも折ったら、車椅子を押すのはボクだからな。というのがその理由)」

「身体を大切にして、ボクより先に死ぬなよな。(死んだら、次ぎの日からボクが食いものに困るから。というのがその理由)」

もともと優しい人だったけれど、最近はトシと共にますます優しくなって、老妻もまた、毎日三時間は台所を這いまわっている老妻の足をマッサージしてくれ、一日中書斎の机にへばりついている老夫(?)の肩をモミモミするのが日課のひとつになっている。

私への呼びかけは「秀さん」、または「お秀」。まちがっても「君、あんた、おい」などと呼ばれたことはない。

「お姉ちゃん」

昭和三十九年。私は「乱れる」という映画に出演した。脚本は松山善三。演出は成瀬巳喜男監督。共演者は加山雄三だった。

敗戦後も間もないころ、私は俳優の上原謙夫人の具子《ともこ》さんと仲良しになって、当時茅ヶ崎にあった上原邸へ、たびたび泊りがけで遊びに行った。玄関のベルを押すと、まだ子供だった加山雄三がまっさきに飛びだしてきて、いきなり「お姉ちゃん、いつまでいるの？」と聞いた。上原家はめったに人の出入りを許さず、子供のいたずらにも容赦をしない、といった家風だったから、子供は人恋しさと淋しさでウズウズしており、たまに訪ねる私が帰るのをおそれて「直亮《なおあき》ちゃん（加山雄三の本名は池端直亮である）、またね、サヨナラ」と声をかけても、どこかへかくれてしまって顔をみせようともしなかった。それから何年か経ち、彼が大学へ入る前に会ったとき、彼は丸い大きな眼を見据えるようにして私に言った。

「お姉ちゃん、僕、学校（大学）を卒業したらこの家を出るからね」

「この家を出て、どこへ行くの？」

「僕、もう決めたんだ。バンドを作って一人立ちするんだ。お姉ちゃん、見ててね。でも、これ、誰にもナイショだよ」

彼はその言葉の通り、何年か後にバンドを結成し、東宝映画〝若大将〟で一躍人気者となった。「乱れる」の顔合わせの日、立派な青年に成長した彼は、私を見るなり言った。

「お姉ちゃん！　しばらくだったね」

「直亮ちゃん、もうそのトシでお姉ちゃんはおかしいよ。私も直亮ちゃんはやめて加山さんって呼ぶから、直亮ちゃんも私を高峰サンって呼んでちょうだい」

「高峰サン……か。ウン、分った、そうするよ」

「乱れる」がクランクインして、一日、二日の間は、彼はテレ臭そうな顔をしながらも「高峰サン」と呼んでいたが、いつの間にかまた「お姉ちゃん」に戻ってしまい、私もそれ以上は何も言わなかった。雀百まで……というけれど、幼い彼の頭にインプットされてしまった「お姉ちゃん」と高峰秀子は、どうしてもジョイントしなかったようである。

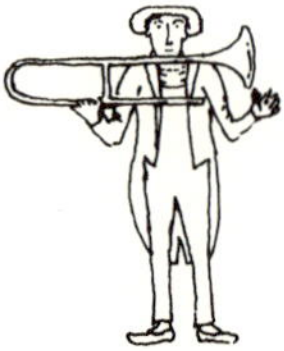

「先生」

五十歳になったら女優をやめよう、と心に決めていた私は、ボチボチと下手な文章を書いたり、講演会などでお喋りをするようにもなった。

女優をやめたらさぞヒマが出来てのんびりできるだろう、そしたら好きな本を読んだり、旅行もしたり……と考えていたのはとんだ思惑ちがいで、以前にも増して多忙になったのはおどろきだった。一日に何通もの、原稿、講演、対談、インタビューなどの依頼状が届き、おまけに宛名が高峰秀子先生と書かれていたりして、これもおどろきだった。が、「先生にしときゃ文句もないだろう」という、いんぎん無礼さがみえみえで、よせやい、いいかげんなこと書くなよ、という気がしないこともない。

人間は、その一生の内に、心底から「先生」と呼べる人に出会えるのは、ほんの、二、三人だと私はおもう。運が悪ければ、その一人にだって出会えないこともあるだろう。

国語辞典によれば、「先生」は「教師、医者など、学識のある指導的立場にある人。自分が師事する人に対する敬称。親しさやさげすみを含んだ呼びかたにも使う。『――と言われるほどのばかでなし』(川柳)」とある。

私の場合、学識もなければ、指導的な立場にあるわけでもなく、つまりどれにも該当しないフツーのおばさんだから「先生」という二字とはしょせん無縁の人間である。最近の不景気で、あちこち大バーゲンセールの氾濫だけれど、「先生」の安売りだけはしないほうがいいんじゃないの? と、私は思っている。

「姐さん」

私を「姐《あね》さん」と呼ぶのはただ一人。テレビのお宝鑑定団以来、人気上昇、とどまるところを知らない中島誠之助さんである。中島さんをただの物識りタレントと思っている人もいるようだけれど、どういたしまして、彼は東京は青山に「からくさ」という骨董店をもつ、れっきとした御主人で、たいへんな勉強家で、努力家で、そのくせ少々オッチョコチョイなところもあって、口調は江戸まえのべらんめえである。話せば長いことながら、彼とはずいぶんと昔からのつきあいで、彼は徹頭徹尾、私を「姐さん」と呼んでいる。この世に生まれて七十余年、私はいろいろな人からいろいろな呼びかたをされてきたけれど、姐さんという、ちょいとしいなせで伝法な呼ばれかたは、その中のイの一番に気に入っている。

古い映画のビデオを観たり、私の雑文を読んでくれる若い男女からのファンレターには、ときおり「お母様と呼ばせて欲しい」とか「心の母上」「お母さん」「かあちゃん」と、さまざまに書かれているが、私はもともと、名前などは単なる記号だと思っているから、何と呼ぼうとそちらさんの御自由に、というところで、特に関心も感懐もない。ただ、

「おばあちゃん、さあ、おむつを替えましょうね。ハイ、あっち向いてホイ、ソラ、こっち向いてホイ……」

などと言われる前に、スルリとこの世から脱け出して、あの世とやらへ引越しをしたい、とおもっている。あの世でなんと呼ばれるかは、行ってみなければわからない。

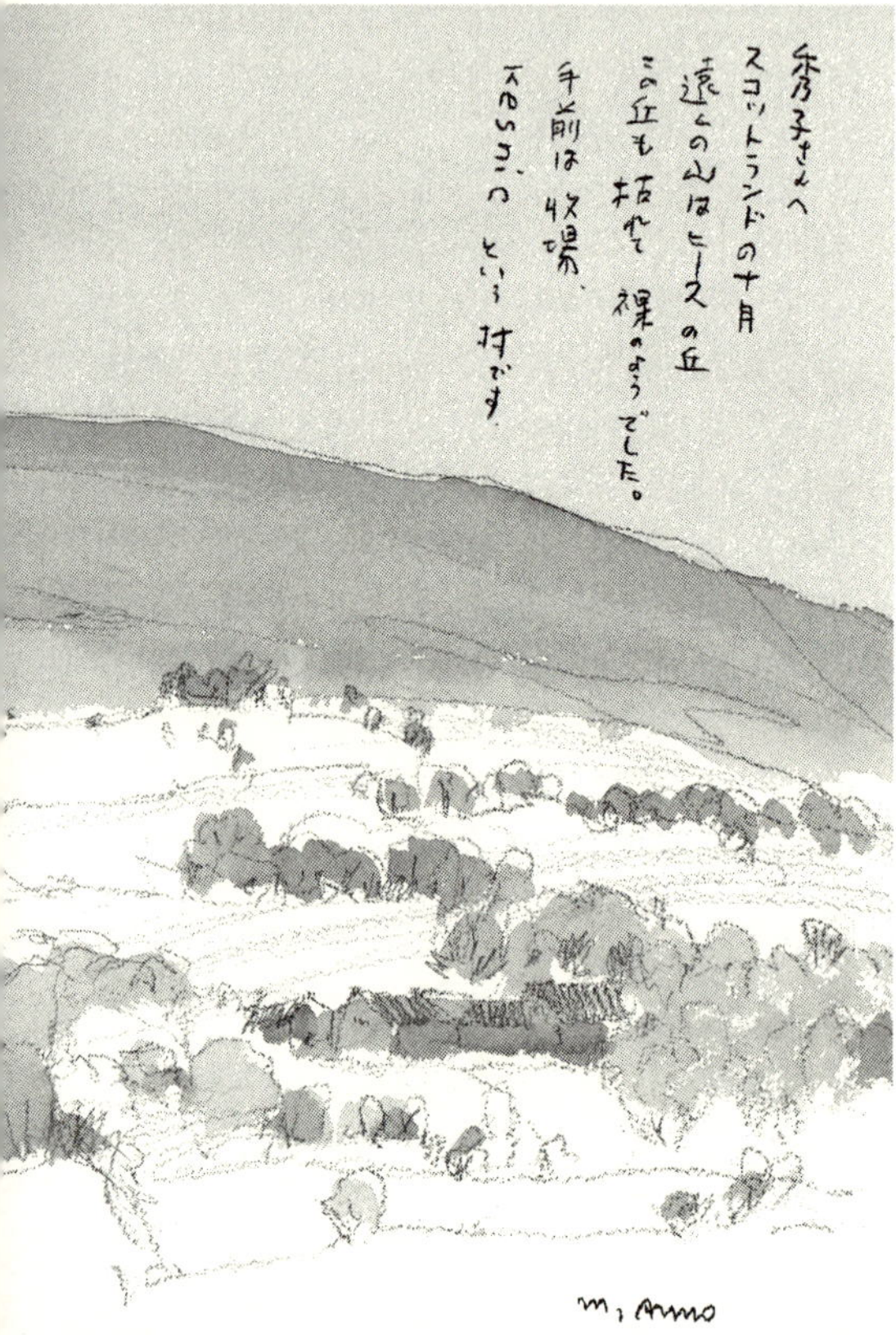
秀子さんへ
スコットランドの十月
遠くの山はヒースの丘
この丘も 枯れて 裸のようでした。
手前は 牧場、
という 村です。
M, Anno

身辺あれこれ・年金化粧

一九九九年は、齢七十六歳の老女の私にしてはよく動き、よく働いた。

まずは、二月に『女優 高峰秀子』（別冊太陽）という少々テレ臭いほどの豪華本が出版され、続いて、編者をつとめた『おいしいおはなし』（光文社文庫）が書店に出て、売れゆきもいいらしい。

老人になったらじたばたせずに、ひと様の邪魔にならないようにひっそりと静かに暮したい、というのが願いの私は、このところ、テレビ、ラジオ出演はもちろんのこと、誌面への登場なども御辞退して、ひねもすウツラウツラと居眠り三味、結構な毎日を送っていた。が、チラリと本などが出ると、「あのバアサン、まだ生きているらしいでェ」ということなのか、世の中人手不足なのか知らないけれど、なにやら身辺の空気がざわついてきて、取材の申しこみも多く、こともあろうに舞台脚本の執筆依頼という大仕事まで飛びこんできた。

「忍ばずの女」

演《だ》しものは、四年前にTBSで放映された二時間ドラマ「忍ばずの女」の舞台化とのことだけれど、テレビドラマの脚本を、三時間を越す演劇脚本に書き直すのが、いかに面倒でリキが必要か、ということぐらいは、ド素人の私にも分っている。が、仕掛人は、冷静、沈着、強引をもって業界では「オニふく」と呼ばれている石井ふく子女史である。この人の耳はまことに都合よく出来ていて、自分が聞きたくないことはいっさい聞こえないらしく、何度断ってもハンコで押したように「書いてください。お願いします」と、同じ電話がかかってくる。とてもじゃないけど気の弱い私などの歯も爪も立つ相手ではない。というわけで、すったもんだ（すったもんだしたのは私の方だけだが）の果てに、明治座六月公演の脚本を書くハメになった。

さて、亭主のお下りの仕事机の前に座ってはみたものの、私は演劇脚本の書きかたのイロハも知らず、構成の立てかたなどてんで分らない。が、ありがたいことに私の御亭主は四十年を越すプロのシナリオライターで、演劇脚本も数多く手がけている。夕食の酒の肴を一品追加したりしてそこはかとなく御機嫌をとりながら相談にのってもらい、目下進行中のマダラぼけの頭を叩きながら四苦八苦の末に、どうにか三幕十五場の脚本を書きあげた。

脚本は完成したが、書いた以上は公演の制作発表やらプログラム用の座談会などの付帯作業にも協力しなければならず、制作スタッフ、キャストが決まれば、顔合わせ、読み合わせ、続いて立ち稽古に入る。

朝から夕方まで稽古場にへばりつき、俳優諸氏の動きかたをノミとりまなこで追っていれば、眠っていた過去五十余年の「女優稼業」の経験虫がモゾモゾと起き出してきて、やれ「徳利の持ちかたはこう」それ「扇子の扱いかたがちがう」のと、うるさいのなんの、まるで姑の嫁いびりのようなセリフが勝手に口から飛び出してくるのには、われながら驚いた。さぞ「おせっかいな古狸だねぇ」と、俳優さんがたのひんしゅくを買ったことだろうと、いまごろになって深く反省している。

稽古場には昼食が支給される。幕の内弁当、折り詰めのノリ巻き、サンドイッチなどで、稽古中に手のあいた人は適当に別室で食してよいことになっている。が、正面をきったまま赤鬼青鬼の如く頑張っている演出の石井ふく子女史と私には手のあく時間などあるわけがない。ふく子女史が毎日持参する茹で卵を横から一個ふんだくってウーロン茶でのみ下すのがせいぜいであった。

稽古の終了はだいたい五時をまわる。男同士なら「やァ、お疲れさん。どこかで一杯どう?」ということにもなろうけれど、ふく子女史は独身で下戸《げこ》、私は酒呑みの上に亭主がいる。あーぁ。

「なにがあーぁだ。オマエ、夕食のおかずはどうするのさ」「ハイ。そうでした、そうでした」というわけで、稽古場の帰りには最寄りのデパートの地下食料品売場に走りこんでお刺身や厚揚豆腐などを購入、スタコラサッサとわが家へ帰ってただちに賄い婦にヘンシーンである。

そんな日が幾日も続き、稽古が煮つまり、初日が迫って来る。スタッフは稽古場から明治座へと移動。稽古場では影の薄かった裏方の大道具、小道具、美術、照明の面々が本舞台を駆けずりまわって大活躍をし、俳優も衣裳、カツラをつけて本意気二日間の舞台稽古に入る。

「初日」

初日の劇場の楽屋は、早朝から続々と祝い花が運びこまれて一見華かな光景ではあるけれど、舞台関係者は各自の仕事の点検や確認で緊張感はピークに達し、無駄口を叩く人もいない。開演二時間前に楽屋入りをした私も、頭取部屋前のお灯明の点《とも》った神棚に、

「無事に初日が開きますように。千秋楽までつつがなく公演が行われますように」

と、神妙に手を合わせたあと、各俳優部屋から衣裳部屋、床山（カツラなどを扱う仕事）部屋に至るまで、くまなくまわって、

「初日おめでとうございます。よろしくお願いいたします」

と、挨拶をする。部屋の入口に両手と膝をつき、あまりし馴れないおじぎをくりかえしている内に、ナイロンストッキングの中の膝小僧が赤く擦りむけた。

初日のフィナーレの緞帳が無事に下り、日を追って俳優さんがたの調子も出て、中日近くには嬉しいことに客席に補助椅子が並び、楽屋には大入袋（中味は百円）が出た。そして、来年の六月には名古屋で再演決定という朗報も飛びこんできた。一年も先の六月まで果たして生きていられるかどうか自信はないけれど、とりあえずおめでたい。めったに笑顔をみせない「オニふく」も珍らしくニッコリと白い歯をみせた。が、そのころから、客席の監事室に日参していた私のスカートがどれもブカブカになってきた。スカートが自然に膨張するわけがないから、つまり中味のお肉が痩せたのである。おまけに風邪気味のせいか熱もある。久しぶりにヘルスメーターに乗ってみたら五キロも体重がへっていて、鏡にうつる顔ときたら、常時《いつも》ははれぼったいほどの瞼がガックリと落ちくぼみ、この奥に眼あり、という状態になっている。遂に体力も限界にきたらしい。

私はヨロヨロとベッドに倒れこみ、五日ほど寝たり起きたりの半病人の日を送った。キャッチフレーズは「丈夫で長保ち」、病院行かずの医者知らずの私にしては生まれてはじめての経験、まさに鬼のカクランであった。

千秋楽の幕が下りた。

「忍ばずの女」のフィナーレの舞台装置は満開の桜一色と桜吹雪である。ピンク色の舞台の中央に総勢百三十人の関係者が集った。

「みなさん。長い間お疲れさまでした。みなさんのお力をいただいて、品格のある美しい『忍ばずの女』になりましたことを、心から嬉しく思っております。そして、今回の公演にスタッフの一員として参加させていただいたことを、ほんとうにしあわせだった、と感謝しております。

みなさん。ありがとうございました」

制作スタッフの拍手にあおられて床に散り敷いた花びらが舞いあがり、明治座支配人の音頭のもとに三本締めの手締めも華かに千秋楽は終了した。

一つの仕事をやり遂げたあとの満足感と開放感、公演中に馴れ親しんだ仲間たちとの別れの名残り惜しさ……千秋楽を終えた人々の心情はそれぞれに複雑である。私の胸もまた、思わぬ「老いの花道」を歩かせてもらったというおもいでしあわせ一杯だった。

明治座の公演が終って、私は再びフツーの主婦の生活に戻った。わが家はリビングキッチン、寝室、亭主の書斎と、たった三間なのに、ちょっと手抜きをすると、こまかい雑用がビックリするほど溜ってくる。台所の徹底掃除。冷蔵庫内の食材の補充。洗濯。到来ものの礼状書き。このところ怠けていた靴みがき。そろそろ植木屋さんにも来てもらわなければ……と、女の仕事は際限がない。

「お中元」

そうこうする内に、早くもお中元の季節がくる。百束入りのそうめんの箱、ビールやジュースの詰め合わせ、カボチャ、じゃがいも、スイカに梨、そしてデッカイ鉢植えの蘭の花……どれもこれも贈り主の御厚意はありがたいけれど、どれもこれもズッシリと重たくて、私の体力では玄関から二階まで運び上げられない。御近所へお福分けを、と思っても、わが家の右隣りはサウジアラビア大使館でそのうしろがギニア大使館、左隣りはアメリカ大使館員の公邸である。まさかサウジアラビア大使館に電話をかけて「カボチャ二個もらってくれますか?」と聞くわけにもいかない。「ひとさまにモノを頂戴してブーたれるとはなにごとだ、バチ当りめ！」と運搬係りの亭主は怒るけれど、自分だってギックリ腰寸前でフーフー言っているではないか、フン！　である。

お中元パニックもどうやら治まり、七月末には私たち夫婦の長期休養旅行への出発である。ハワイはホノルルの小さなアパートで冬と夏を過すのは三十年来の習慣になっている。

ホノルルの御馳走はピカピカの太陽と爽やかなそよ風である。アパートにあるのは最小限度の家財道具とわずかな衣類だけだから家事も至って簡単で、好きな読書を楽しむ時間があるのがなによりも嬉しい。東京の書斎机にしがみついていた亭主もプールサイドの日向ぼっことビーチの散歩という日課を続けている内に見違えるように元気になってゆく。ホノルルは私たちに生気をくれるありがたい土地なのだ。

「ハワイよいとこ」

のんびりムードに気がゆるんだせいか、こじれた風邪にハラを立ててヤケ酒がすぎたせいか、ある夜、バスルームに立とうとした私はベッドから滑り落ちて尻もちをつき「ギャッ！」と悲鳴をあげた。尾骶骨を強打したらしい。その夜は痛い痛いと言いながらも眠ってしまったが、翌朝から足腰に疼痛が走り、三、四日経つうちに全くの歩行困難になった。横になっていれば痛みはなく、骨が折れた様子もない、が、どこがどうなっているのか分らない。「ぐじゃぐじゃ言っていないで病院へ行って診てもらいなさい！」いつになくマジな声音の亭主の一声に縮みあがった私は、シブシブと病院へ行く決心をした。

担当のドクター・ブランチェットは、身体は巨大な雪ダルマみたいだが顔はエリザベス・テーラー風の美人といった女医である。簡単な診察のあと、車椅子でレントゲン撮影室に運ばれた。普通のレントゲンと超精密検査のレントゲン撮影の結果、ただちに「骨に異状はなし。痛みは一ヶ月で全快するでしょう」という診断が出て、四日分の痛み止めの丸薬と歩行器の手配がされ、エリザベス嬢は「バイバイ」とニッコリしながら握手の手をさしだした。翌朝八時、アパートに歩行器が到着。とにかくビックリするような処置の素早さであった。

折りたたみ式の歩行器は軽いスチール製で使い勝手がよく、台所仕事も楽になってまずは一件落着。食材は散歩の帰りに、と亭主に頼み、私は優雅にソファに横になって、日本から持参した単行本や文庫本に喰らいついた。

●枕のごとき厚さの、内容から行間までズッシリと充実した大作。旧カナ完璧の懐かしさ『東京セブンローズ』(井上ひさし著)

●私の好きな著者の、慈雨のような人柄が感じられる『日本人と中国人』(陳

舜臣著）
●以前からヒイキのガンコ親爺で、写真を眺めるだけで楽しくなっちまう『百鬼園写真帖』
●軽くて重くて、甘くて哀しい『葉っぱのフレディ』（レオ・F・バスカーリア著）
●考古学者の著者を、私は親分《オヤブン》というニックネームで呼んでいる『シルクロードから黒塚の鏡まで』（樋口隆康著）
●読み進むうちに思わず〝そうだ、そうだ〟とうなずいてしまう『大河の一滴』（五木寛之著）
●日を追って、なつかしく、忘れられない人『司馬遼太郎の世界』（文藝春秋編）
……

どれもこれも、読みはじめたらやめられない本だけど、どれもこれも読むそばから忘れてしまう。「トシのせいだから仕方がないや」と呟きながらも、私の手は次ぎの本にのびてしまって際限がない。

ドクター・エリザベス・テーラーの診断通り、足腰の痛みはぴったり一ヶ月で消え去った。

「へそくり年金」

紅白のカマボコ、木くらげとわかめの酢のもの、キングサーモンの塩焼といったささやかな祝い膳に向かいあって、亭主はギネス、私はウイスキーの水割りで乾盃した。

「秀サン、おめでとう。快気祝いに一発花火でも上げようか。あの豪華船クルーズなんかどう？」

と、亭主は優しいことを言ってくれたが、私は「ノー」と首を振り、そして

「サンキュー」とつけ加えた。

平成七年の夏、私たちはへそくりの年金をはたいて外国の豪華客船でエーゲ海クルーズを楽しんだ。紺碧の空と銀色に光る海。美味しい料理とクルーたちの見事なサーヴィス。旅が終ってアテネで下船をしたとき、亭主と私は「また乗りたいね、この船に」と同時に叫んだほど、あのクルーズは楽しかった。が、今年は平成十一年、あたりまえのことだが私たちは四年前より四歳も老いている。ミイラの如くひからびた身体をひきずって飛行機に乗り、船の寄港地までたどりつく元気も体力も、いまの私にはない。

豪華船クルーズには気乗りのしなかった私だが「へそくりの年金で」という亭主の一言がなぜか心にひっかかった。

私たち夫婦の人生の店じまいも、もはや秒読みの段階である。結婚以来、この世で四十五年余生きてきた亭主も女房もあちこちにガタがきて修復不可能のポンコツ人間である。そして、終《つい》のすみかとして建てたわが家は築十年、中味の私たちよりも若いとはいうものの大分傷んでボロっちくなっている。

この家が完成したときは「永坂のホワイトハウス」と郵便屋のおじさんたちの評判になったほど全壁白一色だった。その後、隣りに石橋財団の財産管理事務所が出来たとき「お宅と同じ色にさせていただきたい」と申し入れがあって、これも白一色になった。ところが五年の歳月の後には灰色というよりもドブ色ハウスに変身してしまった。お金持ちの石橋財団はサッサと塗りかえたから、わが家のヒドさがいっそう目立つ。しかたなく足場を組んで塗りかえてもらったけれど請求書をみて「ゲッ！」と仰天、実にハンパではないお値段であった。そしてそれからまたもや五年が過ぎた。前のようにウス汚なくみすぼらしい上に、寄る年波のせいか雨漏りの個所もあってこのままでは永坂お化け屋敷になるばかりだろう。

へそくりの年金を、わが家のお化粧にパッと使うのもちょいとお洒落ではないか。この快気祝いなら私が家に居据っていても職人さんたちがやってくれる、というところも気に入った。決定！

「快気祝いに、へそくりの年金を使いましょう。ただし、年金化粧のために！」

カマボコをつついていた箸さきが止まり、亭主がキョトンとして私を見た。

私の死亡記事「往年の大女優ひっそりと」

女優・高峰秀子さんが三ヶ月ほど前に死去していたことが判明した。

生前「葬式は無用、戒名も不要。人知れずひっそりと逝きたい」と言っていた。その想いを見事に実践したようだ。

彼女は十八歳の時、盲腸炎の手術を受けて以来、その死までの数十年間、医師、病院の手を煩わすことは全くなく、健康保険証には一字の記載もなかった。故に死因は不明。死亡診断書を認《したた》めた医師は「病名は分りません。強いていえば天寿でしょうね」と言った。

昭和五十四年にスクリーンを退いたが、その死に至るまで多くのファンの親切と厚意に支えられ、高峰節といわれた達意の文章で随筆集を重ねてファンに応えた。「死んでたまるか」という文章も書いたが、相手が天寿では以て瞑すべし、しあわせな晩年であった。

あとがき

巻末に、「私の死亡記事」などをまことしやかに書き散らしておいて、またノコノコと筆をとるのはカッコワルイけれど、これも老いのくりごととして読みすごしていただきたい、とおもう。

『にんげん蚤の市』『にんげんのおへそ』、そして今回の『にんげん住所録』と、私のにんげんシリーズは三冊になった。

装幀、装画は、私が敬愛する安野光雅画伯の、常時サッカーボールの如くせわしないお時間を頂戴できることに決定して、私はガクン！　と安心した。

なぜ安心したのか、というと理由は簡単で、安野画伯の絵画のファンは数多く、書店でも画伯の絵表紙の著書をみかけた人は無意識に手にとってみたくなり、つまり、その著書の売れゆきがたいへんによろしい。そして、本が売れるということは即、著者がトクをする、ということである。

『にんげん住所録』などというヘンてこなタイトルが、いったいどのような装いで表紙絵に……と待つ間もなく、カラープリントの表紙画が到着した。安野画伯特有の、センス溢れるおしゃれで爽やかな色づかいと、のびのびとしたタッチが躍るようであった。そして表紙画を追いかけるようにして、なおも五枚のスケッチ画が郵送されてきたのだ。「えーッ？　こりゃ、どういうこと？」……私はビックリして電話のダイヤルに飛びついた。

安野画伯の口上によると、

「スケッチはおまけ、というか、本の中になんとなくちりばめてみたらどうかしら？　とおもってネ。秀子さんの文章とは関係ない絵ばかりだけど、ホラ、箸やすめってあるでしょ？　あんな感じでサ。ついこの間ロシアへ絵を画きにいったものだから、ボクから秀子さんに送った絵ハガキだと思ってくれればいいんですよ……」

ということであった。

スケッチの中の二枚はペテルスブルクの郊外、とあって、かつてはレニングラードと呼ばれていたところだそうである。そして恵那山とある一枚は島崎藤村の故郷とか……。この本の読者のみなさんは、私の雑文なんかブッ飛ばして、たぶん、このスケッチ画を楽しんでくださることでしょう。

安野先生、お優しいお心づかい、ほんとうにありがとうございました。

平成十四年六月　　　　高峰秀子

78歳の絶筆
〜亡き母・高峰秀子に捧ぐ

斎藤明美

20年近く高峰秀子という人の傍にいて、私は日々、彼女の暮らし方や仕事への姿勢、人とのやりとりに感服し、感動してきたが、中でも強く印象に残っているのは、その〝捨てる〟ダイナミズムだった。

人はたいてい、年をとればとるほど身辺が膨らむ。文字通り体重にはじまり、家財、洋服など所有物、そして人間関係も。高峰は仕事柄、家も大きなものが必要だった。たとえば応接間が一つだけだと、次々に訪れる雑誌の撮影や取材の人間が、順番が来るまで廊下で待たねばならないから、廊下は病院の待合室のようになった。だから応接間を三つ作って、それぞれに支度した部屋を高峰が順番に廻るようにしたという。洋服や着物もたくさん必要だった。人間関係に至っては私達一般人とは比べものにならないほど膨大だった。

私が出逢った頃、70歳になった高峰は、夫の松山善三と心を合わせて、それらを縮小していた。もう女優を引退したのだからこんな大きな家は要らないと、住み込みのお手伝いさんと運転手さんに退職金を支払って辞してもらい、豪邸を壊し、現在の〝終の住処〟を建てた。二年かけた。器を小さくしたのだから当然中身を減らし、所有する物を10分の1にした。文字で表せば簡単だが、「亀の子束子一つ、私が嫌いな物はこの家には何一つありません」と言い切った高峰が、好きで集めた骨董・絵画を処分するのは、労力だけでなく精神的に至難の業だったと思う。

映画は55歳で悲願の引退を果たし、人との付き合いもどんどん減らして、最後には電話にも出なくなった。

残っていたのが執筆だった。高峰は自身の随筆を「素人の雑文です」と称していたが、素人の雑文は日本エッセイスト・クラブ賞を受けない。28歳で刊行した『巴里ひとりある記』以降、原稿依頼はあとを絶たず、70歳でやっとお役御免になったと思ったら、週刊文春にいた私が三年越しに口説いて、一度は断られた月刊誌「オール讀物」の連載をOKさせてしまった。

そこから生まれた最後の本が、この『にんげん住所録』である。刊行した時、高峰は78歳になっていた。その後も各所から原稿の依頼があったが、「イヤです」「ダメです」「お断りします」、この三言で高峰は、追いすがる編集者を振り切った。

絶筆となったのが本書に収められている「美智子さまへのファンレター」。高峰がこよなく敬愛していた方である。

5歳から50年女優を続け、28歳から50年書き続けた。撮影には50年間、無遅刻無欠席、原稿提出は必ず遅くとも締め切り二日前。あっぱれと言うしかない。

そんな高峰秀子最後の随筆集を、どうか味わっていただきたい。

2025年1月

高峰秀子・松山善三養女／文筆家

初出一覧

あなた食べます「オール讀物」平成十年九月号
店仕舞「文藝春秋」平成十二年十二月号
もうすぐ春です「オール讀物」平成十一年三月号
住所録「オール讀物」平成十二年十一月号
人間スフィンクス『女優 高峰秀子』(別冊太陽)平成十一年二月 平凡社刊
クロさんのこと「オール讀物」平成十年十月号
老いの花道「オール讀物」平成十一年十一月号
私だけの弔辞「オール讀物」平成十一年六月号
私のご贔屓・松竹梅「週刊文春」平成十三年一月十八日号
たけしの母と秀子の母「オール讀物」平成九年八月号
栄作の妻「文藝春秋」平成十一年一月号
五重塔と西部劇「オール讀物」平成十三年八月号
美智子さまへのファンレター「オール讀物」平成十四年一月号
呼び名「オール讀物」平成十年十一月号
身辺あれこれ・年金化粧「オール讀物」平成十二年一月号
私の死亡記事「往年の大女優ひっそりと」『私の死亡記事』平成十二年十二月 文藝春秋刊

単行本

平成十四年七月 文藝春秋刊

にんげん住所録《じゅうしょろく》

発行日　2025年2月28日　初版第1刷発行

著　　者　高峰秀子《たかみねひでこ》

発 行 者　秋尾弘史
発 行 所　株式会社 扶桑社
〒105-8070 東京都港区海岸1-2-20 汐留ビルディング
電話 03-5843-8583(編集)
03-5843-8143(メールセンター)
www.fusosha.co.jp

印刷・製本　中央精版印刷株式会社

Printed in Japan　ISBN 978-4-594-09988-6